INVERSO

L'ultimo principio dell'amore

Dill Ferreira

Traduzione italiana di Carmelo Massimo Tidona

Copyright © 2023 Dill Ferreira

Titolo originale: O Reverso

Traduzione italiana di Carmelo Massimo Tidona

DEDICA

Dedico questo libro alla magnifica natura che circonda questo Paese, e che è anche lo scenario di splendidi e appassionati incontri. Una dedica estesa anche a tutti gli amanti le cui storie sono state segnate dalla bellezza unica del Brasile.

CAPITOLO 1

Douglas attendeva davanti alla porta della grande villa aspettando di essere accolto. Suo padre gli aveva chiesto di aiutare un amico, altrimenti non avrebbe mai accettato quel caso.

Riguardava il rapimento dell'unica figlia di un uomo d'affari locale che, per sua sfortuna, aveva chiesto aiuto a suo padre. Da parecchio tempo Douglas stava progettando la sua vacanza a lungo sognata e, proprio quando tutto era a posto per andarsene da quel mondo di dettagli e sforzi mentali, gli era stato chiesto di, o meglio era stato convocato per, lavorare su un altro caso.

La porta fu aperta da un basso gentiluomo, apparentemente abbattuto, cosa che lo fece star male per aver desiderato di non accettare il caso.

«Il signor Paul Braz?» A giudicare dall'aspetto disordinato, non avrebbe neanche avuto bisogno di chiedere. Era chiaro che quello fosse il padre della ragazza rapita. «Sono Douglas Fernandes».

Si strinsero la mano per salutarsi.

«Sì. Sono io! Entri, prego!»

L'anziano si fece da parte per lasciarlo passare. Nella stanza ampia e piacevolmente arredata, Douglas poté vedere numerosi ritratti e fotografie in mostra sui tavolini. Nella maggioranza di essi c'era una giovane donna sui venticinque anni, con corti capelli rossi. Sembrava molto più giovane dell'età che sapeva avesse. Sembrava molto naturale nelle foto, senza alcun artificio di bellezza. Cosa che pareva renderla ancora più bella. C'era una luce in quel sorriso che non riusciva a spiegare.

La pelle chiara contrastava con gli immensi occhi neri, e le labbra carnose sembravano invitare qualunque uomo a un delizioso momento di piacere. Guardò per qualche altro istante una delle foto che gli avevano suscitato una tale curiosità e poi distolse l'attenzione da essa. *Come può una semplice foto farmi sentire in questo modo? Per non parlare de fatto che questo non è il momento adatto per simili pensieri...* si rimproverò tra sé prima di guardare altrove. Tuttavia, un'altra foto della ragazza attirò la sua attenzione. Indossava dei pantaloncini ed era circondata da bambini. Il suo corpo snello e aggraziato di circa un metro e sessantacinque non sembrava mostrare la sua bellezza. Si comportava come se fosse stata una di quei bambini.

«Ama fare volontariato», disse il proprietario della casa notando l'interesse del visitatore

«Sua figlia ha una vita intensa! Lavora, fa qualcosa?» *Con i soldi che possiede suo padre, probabilmente non si prenderà la briga di passare delle ore chiusa in un ufficio,* pensò Douglas, infastidito dal fatto che quella giovane donna avesse attratto così tanto la sua attenzione.

«Sì. Ha sempre amato la sua indipendenza. L'unico motivo per cui non è ancora andata via da questa casa sono io. Veronica è molto attiva e da quando è diventata adulta non dipende più da me per nulla, e questa autonomia l'ha resa una preda facile da catturare», commentò l'uomo, con un tremore della testa che rendeva ancora più evidente il suo malessere.

«La sua sofferenza non la aiuterà, signor Braz. Ci servono tutta la calma e l'attenzione possibili per gestire questa faccenda», spiegò educatamente Douglas, conscio che non veniva quasi mai ascoltato dai suoi clienti. «Lo scopo principale di questo tipo di estorsioni è lasciare la famiglia emotivamente sconvolta in modo da avere il pieno controllo della situazione», concluse.

«Ho chiesto aiuto a suo padre perché non sapevo cosa fare. Hanno preso contatto con me la prima volta ieri sera per informarmi di quello che era accaduto a mia figlia e anche per minacciarmi in caso fossi andato alla polizia. Questa mattina hanno chiamato di nuovo e stavolta sono stati più aggressivi. Mi sono agitato molto in quella circostanza. Non ho l'abitudine di trattare con criminali e ricattatori. Potrei occuparmi di qualunque altra cosa ma non di questa. Specie quando si tratta della cosa che per me è la più importante, mia figlia».

Non sarebbe stato difficile capire cosa stesse passando quel padre, ma Douglas non poteva empatizzare con la sua sofferenza, non avrebbe fatto che disturbare il processo investigativo.

«È possibile dare un'occhiata alla sua auto per vedere se ci sono impronte, o qualche altro indizio sul rapimento?» chiese nella speranza che qualcosa potesse servire da punto di partenza per il lavoro.

«Purtroppo l'auto è stata portata a lavare il giorno successivo. Gli addetti credevano che l'avesse lasciata lì apposta per questo scopo, che è il modo in cui fa di solito», rispose triste l'uomo.

«D'accordo. Cercheremo altri modi allora. Ci sono telecamere nel parcheggio dell'azienda, signor Braz?» Era piuttosto sicuro che non ne esistessero, ma aveva bisogno di una conferma.

«Purtroppo non abbiamo preso questo tipo di precauzione, detective. Anche se possediamo una buona fetta del mercato tessile, manteniamo sempre le cose semplici e non ci preoccupiamo troppo della sicurezza. Il che è un grosso errore».

Douglas rifletté su quell'affermazione. In effetti, non conosceva bene l'Industria Tessile Braz, ma suo padre gli aveva assicurato che fosse un buon generatore di capitale.

«Di questi tempi la sicurezza dovrebbe essere un bisogno essenziale di ogni cittadino, specie quelli che guadagnano bene come lei. I rapimenti non sono più prerogativa dei soli milionari. Ci sono casi in cui prendono perfino una persona comune e chiedono cifre che vanno da cinquemila a milioni. Vogliono i soldi, non importa da chi», spiegò con rispetto. «Dovreste investirvi appena possibile». Sapeva di cosa stava parlando. «Lei di solito sfoggiava sui social quello che possedeva?» chiese.

«Mia figlia non ha mai fatto una cosa tanto stupida, detective. È una donna semplice».

«Era solo una supposizione, signor Braz. Molta gente cade in tentazione e si permette di scoprirsi troppo. Come le aziende tengono d'occhio quei media come metodo per analizzare i loro impiegati, così fanno i criminali. Di solito esce da sola? Ha degli amici, un fidanzato?» proseguì.

«Era molto riservata. Aveva pochi amici d'infanzia, ma niente di che, il genere con cui usciva due o tre volte la settimana per andare a una festa. In effetti era molto dedicata alla fondazione che abbiamo creato per aiutare i bambini con carenze affettive, di cibo e di rispetto. Non c'erano molte cose a parte quella a cui fosse interessata, non che io sappia!»

Quell'ultima affermazione incuriosì Douglas.

«Perché dice così? Crede che potrebbe aver avuto qualcuno o qualcosa a parte quello di cui parla con lei?» *Magari un segreto dietro il volto angelico e la fragilità che mostra*, immaginò.

«Non era quello che intendevo. La mia intenzione era solo chiarire che era molto indipendente e aveva una vita sua. Ho sempre creduto nelle scelte di mia figlia», rispose l'uomo con un'espressione seria sul viso.

«D'accordo. Capisco».

Douglas notò che nonostante fosse a pezzi quell'uomo possedeva una certa autorevolezza tipica dei buoni leader. *Mi chiedo che aspetto abbia la bellissima donna che mi fissa testardamente con suoi occhi brillanti attraverso le foto mentre sono in questa stanza*, pensò.

«Hanno detto quando l'avrebbero ricontattata?» volle sapere quando distolse lo sguardo da una delle foto.

«Nessun dettaglio. Mi hanno solo detto che non hanno intenzione di comunicare molto, vogliono risolvere subito il rapimento. Mi contatteranno domani o tra due giorni, credo!»

Lo stress dell'uomo non era di molto aiuto.

«Sono stati aggressivi durante il contatto?» chiese Douglas.

«Direi che sono stati diretti, detective».

Un'altra piccola informazione, rifletté Douglas.

«Ha potuto parlare con sua figlia?» Doveva chiederlo per essere sicuro che la ragazza fosse viva.

«Sì». La voce dell'uomo era inondata dall'emozione. «Mi ha detto di stare calmo e che tutto andava bene. Poi le hanno tolto il telefono». Douglas si rese conto che qualcun altro nei panni del signor Braz sarebbe stato più a pezzi per tutto questo, ma le esperienze della sua vita lo avevano reso forte. Riusciva a notare che l'uomo stava tremando a causa del forte legame che aveva con la propria figlia, proprio come suo padre aveva detto e lui stesso poteva sempre più confermare.

«Ha notato qualche alterazione nella sua voce? Qualche prova di maltrattamento o altro? Con alcune informazioni è possibile comprendere il livello di aggressività e le probabili reazioni di criminali come questi».

«No! Non ho nulla, Non è il tipo di persona che si altera, anche se ha una forte personalità».

Douglas già sapeva che aveva preso da suo padre.

«È un bene. In effetti potrebbero essere interessati solo ai soldi e non volere ulteriori problemi».

Mentre parlavano, Douglas continuava a dare forma nella sua mente alle possibili caratteristiche dei criminali.

«Prego Dio che sia tutto!» urlò il signor Paul in tono stanco.

Douglas sapeva che non era sempre così semplice, ma sarebbe stato meglio credere che la figlia dell'uomo d'affari fosse stata usata solo come fonte di soldi facili, senza alcuna intenzione di vendetta o altro. In effetti, sembrava essere quello il caso.

«Avete avuto problemi nella vostra azienda con qualche dipendente di recente? Qualcosa che abbia dato luogo a un licenziamento per furto».

Era un'altra possibilità da analizzare.

«Non che io ricordi, detective. Ci sono persone responsabili di intraprendere azioni di questo tipo, ma in ogni caso se succede vengo sempre informato, e non è accaduto. Ci sono delle rotazioni di personale nell'azienda, ma in posizioni di basso rilievo, e non abbiamo quasi mai licenziamenti di questo tipo».

Douglas ascoltò con attenzione.

«Bene. Quindi non c'è motivo di credere che un ex impiegato scontento voglia rivalersi su di lei, o estorcerle dei soldi perché sa che può permettersi di pagarlo?»

«Non credo che sia il caso. Come le ho detto prima, siamo molto discreti e le posizioni di più alto livello sono occupate da persone di cui mi fido, che sono state con me per anni. Ma possiamo indagare di più in quella direzione se preferisce», rispose Braz.

«Terremo in sospeso questa opzione e se dovesse sorgere la possibilità o il bisogno approfondiremo. Potrei dare un'occhiata alla stanza e al computer di sua figlia?» Sperava di trovare delle prove che qualcuno fosse interessato ai soldi del padre della ragazza, o alla ragazza stessa. Cosa che non lo avrebbe sorpreso.

«Certo! Faccia come se fosse a casa sua. Io farò delle chiamate urgenti e possiamo parlare dopo». L'uomo chiese a un suo dipendente di accompagnarlo alla stanza della giovane donna rapita.

Douglas entrò in una semplice stanza senza molte decorazioni. Era comoda come il resto della casa. Tuttavia, non aveva molto oltre lo stretto necessario, un contrasto interessante con la stanza maestosa in cui era stato prima. A capo del letto vi era un bellissimo quadro di bambini che facevano volare aquiloni sulla strada. Il dipinto sembrava antico a giudicare dall'ambientazione rustica. Sui due comodini, foto e ancora foto per tormentare sempre più la sua mente. La giovane donna sembrava amare molto le fotografie, cosa che non era vera nel caso di Douglas. Si avvicinò al letto, prese una foto del volto di lei in una bellissima cornice e osservò i lineamenti femminili. Mai prima di allora una semplice foto di qualcuno aveva catturato così tanto la sua attenzione. Quegli occhi lo seguivano. La guardò per alcuni altri secondi e poi rimise la foto al posto originale. Non poteva sprecare tempo a guardare quel volto angelico che poteva effettivamente essere in grave pericolo. Questo gli fece provare un dolore allo stomaco. Non riusciva a fare piani né immaginare situazioni, perché non sapeva molto sul caso. Aveva bisogno di entrare in contatto con i rapitori allo scopo di ottenere un qualche genere di anteprima.

Si sedette, accese il computer e iniziò a cercare. C'erano numerose cartelle molto ben organizzate. Aprendone qualcuna, fu in grado di vedere progetti che probabilmente erano della fondazione di cui suo padre aveva parlato. La giovane donna non sembrava divertirsi nella vita. Probabilmente era sposata con il suo lavoro. Un altro file conteneva delle lettere scritte a mano e scansionate che dovevano essere state scritte dai bambini. La solitudine e la tristezza dei bambini abbandonati erano l'argomento principale, oppure bambini che non conoscevano la madre o il padre. *Cosa porta questa splendida donna a conservare questi file?* Douglas era commosso da quello che aveva letto con attenzione. Scavando un altro po', aprì e chiuse cartelle. La maggior parte erano progetti completati archiviati, e alcuni contenevano programmazioni future. Alcune delle foto sembravano essere di momenti di piacere, immagini di Veronica in vari luoghi e quasi sempre con lo stesso affascinante sorriso. C'erano anche molti file musicali. Ne aprì qualcuno e si rese conto che alla giovane donna piacevano la musica classica e il pop. Stava iniziando a conoscere la vittima un po' più di quanto gli fosse necessario, ma qualcosa lo spingeva a voler apprendere di più su di lei.

Dopo aver scavato un altro po', scoprì che in effetti non sembrava avere qualcuno. Ma quali informazioni possedeva per giungere a quella conclusione? Niente se non la forte evidenza che preferisse prendersi cura di altre persone piuttosto che di sé stessa.

Le email avrebbe provato ad aprirle in seguito, anche se aveva l'impressione che non avrebbe ottenuto quello che gli serviva esaminando i file. Non c'era alcuna indicazione che fosse stata rapita per motivi personali. Suo padre era un uomo ricco e influente, quindi avrebbe portato avanti le indagini partendo da quell'informazione.

Esaminò un altro po' la stanza della giovane donna, aprendo velocemente i cassetti dell'armadio. Trovò indumenti che catturarono la sua attenzione per la loro bellezza e femminilità.

Guardò con attenzione il bagno ben tenuto e tornò al computer. Aprì un altro file e giunse alla conclusione che nulla lì lo avrebbe aiutato. Era uno spreco di tempo.

«L'ho già fatto». Il padre della ragazza parlò dalla soglia, ma non c'era fastidio sul suo volto vedendo un estraneo mettere le mani tra le cose di sua figlia. Tuttavia Douglas decise di interrompere quello che stava facendo.

«Non credo che quello che stiamo cercando sia qui, dovremo stare più attenti ai dettagli che avremo da qui in avanti. Se siamo abbastanza fortunati, magari i criminali stessi ci daranno delle informazioni e potremo arrivare da sua figlia».

«Allora aspetterò, e da adesso in poi lascerò le porte aperte per qualunque cosa possa servirle».

Douglas guardò il suo cliente con gratitudine. La cooperazione era un bene prezioso per un negoziatore come lui.

CAPITOLO 2

Veronica guardò il posto in cui era stata portata. Non sapeva esattamente da quanto tempo fosse lì, ma erano passate parecchie ore dal momento in cui era stata avvicinata, suppose dall'oscurità che sembrava esistere attorno a lei. Non aveva idea di cosa stesse succedendo, sapeva solo che non era qualcosa di ordinario dal modo in cui era stata avvicinata nel parcheggio dell'azienda di suo padre.

Era uscita dal lavoro alle diciassette come al solito, si era diretta con tranquillità al parcheggio e, quando aveva aperto la portiera della sua auto, da un furgone parcheggiato accanto a lei erano scesi due uomini incappucciati che l'avevano afferrata, l'avevano caricata sul veicolo ed erano sfrecciati via.

«Fa' la brava ragazza e collabora con noi. Se fai tutto quello che ti diremo, non ti succederà niente di male».

Uno degli uomini le aveva dato degli occhiali da sole e lei li aveva presi, sforzandosi di stare calma perché non voleva far vedere di star tremando. Non aveva visto niente davanti a sé mentre stava seduta tra loro. Gli occhiali erano troppo scuri perché riuscisse a vedere qualcosa. Riusciva solo a sentire il ronzio del veicolo e il respiro irregolare del criminale alla sua sinistra. Avevano proseguito in silenzio. Nulla era stato detto o chiesto.

Non le era sovvenuto che potesse essere qualche scherzo da parte del personale della fondazione, dato che l'approccio e l'atteggiamento che avevano mantenuto per tutto il tempo non sembravano amatoriali. E per nulla da amici o colleghi.

Uno di loro sembrava avere una pistola. Molte volte, mentre il veicolo passava sopra un'irregolarità dell'asfalto, l'aveva sentita premere contro le sue costole, ma in nessun momento aveva cercato di guardare da sotto i finti occhiali per vedere se si trattasse davvero di un'arma. Era rimasta immobile fino alla fine.

Un po' più avanti, quando avevano rallentato e iniziato a sussurrare dentro il furgone, era riuscita a capire che stavano arrivando da qualche parte, in un luogo popolato. C'erano dei residenti lì. Aveva sentito odore di cibo. Un po' più tardi, poco prima di arrivare, tutto si era rifatto silenzioso ed era riuscita a sentire solo i versi di alcuni animali notturni. Non appena il veicolo si era fermato, ne era stata fatta uscire in fretta. Uno degli uomini le aveva messo la mano sulla nuca, tenendole abbassata la testa in modo che non riuscisse a vedere altro che i propri piedi. Il pavimento piastrellato era stata una delle poche cose nel suo campo visivo. Poi l'avevano portata all'interno dell'edificio. Lì aveva notato che l'aria era più pulita e aveva un odore migliore, probabilmente c'erano delle donne nelle vicinanze. Tenuta da uno dei criminali, era stata guidata giù lungo una ripida scala che conduceva a un seminterrato. Riusciva a vedere solo i suoi piedi e a volte quelli di uno degli uomini che l'avevano rapita nel parcheggio. Indossava delle splendide scarpe nuove eleganti, probabilmente di cuoio e molto costose.

Non appena avevano smesso di camminare perché lui potesse aprire una porta, l'uomo aveva parlato: «Non abbiamo intenzione di farti del male. Collabora con noi e tutto finirà bene».

L'avvertimento le era stato dato quando le aveva lasciato andare il braccio e l'aveva lasciata immobile in mezzo al nulla, senza neppure un muro a cui appoggiarsi. Mentre se ne stava andando, si era girato verso di lei.

«Mettiti comoda, presto ti porteremo qualcosa da mangiare. Fa' la cosa giusta e tutti vinceranno, soprattutto tu».

L'uomo aveva acceso la luce in fondo alle scale e se ne era andato.

Non appena Veronica aveva sentito il rumore della chiave che chiudeva la porta, si era tolta gli occhiali e si era guardata attorno con più calma. Quel posto era organizzato: un letto in un angolo, un tavolo con una sedia in un altro. C'erano anche un armadio per i vestiti e una libreria. Si avvicinò al primo incuriosita e scoprì che vi erano dei vestiti e due paia di scarpe all'interno. In uno dei cassetti c'erano biancheria della sua taglia e prodotti personali, cosa che non la sorprese più. Tutto sembrava essere stato preparato con precisione per lei. Nel cassetto successivo trovò un semplice congegno che poteva essere usato per ascoltare della musica. Di certo glielo avevano lasciato perché lo adoperasse.

In bagno erano esposti i prodotti essenziali per l'igiene, cosa che la calmò per qualche secondo. Almeno avrebbe avuto un qualche genere di dignità lì. L'ansia iniziò ad impadronirsi di lei per il fatto di non sapere cosa sarebbe successo dopo. L'unica certezza che aveva era che non sarebbe tornata a casa quella sera.

Dopo aver controllato il bagno, tornò nella stanza e vi rimase a lungo tentando di restare tranquilla. Nel silenzio di quel luogo estraneo ricordò suo padre. Un uomo forte e grande lavoratore, ma sapeva che la sua salute era stata cagionevole a lungo. Doveva essere devastato in quel momento. Da quando sua madre se ne era andata, abbandonandoli, non era più stato lo stesso. Si era dedicato interamente all'azienda e alla sua figlia piccola, e questo aveva creato un legame unico tra loro. Sperò che stesse venendo assistito da qualcuno in quel momento. Quell'assicurazione le sarebbe stata di grande conforto. Avrebbe potuto preoccuparsi dopo del resto.

Il ricordo di sua madre le tornò alla mente. Di rado si permetteva di ricordare la donna che l'aveva ceduta in cambio della libertà, lasciandosi alle spalle tutto ciò che aveva fatto parte del suo passato. Neppure la famiglia di Valquíria era stata informata di dove si trovasse negli ultimi quindici anni, e nelle occasioni in cui lei e suo padre avevano parlato con suo zio, l'unico parente che le facesse spesso visita e a cui sembrasse piacere, non avevano mai ottenuto molte informazioni utili, perciò avevano gradualmente messo da parte le domande e infine accettato l'assenza della loro rispettiva madre e moglie.

Non sapeva perché stesse ricordando il passato in quel momento. Forse perché stava provando la stessa sensazione di paura e di vuoto che aveva provato quando sua madre era andata via. Mettendosi la testa tra le gambe, si lasciò ricadere sul letto e rimase lì a fissare il soffitto senza nulla da fare o a cui pensare.

Più tardi, sentì una voce femminile, a conferma della sua supposizione che vi fosse una donna lì. Poi il silenzio si impossessò di nuovo del posto, fino a quando quella stessa donna giunse a portarle qualcosa da mangiare.

Dopo aver bussato, e prima di entrare, le disse: «Se non stai indossando una benda, mettila».

Veronica si guardò attorno e vide un panno nero appeso alla testiera del letto. Lo prese e si coprì gli occhi prima di informare la donna di essere pronta.

«Ce l'ho».

La donna entrò e le si avvicinò sistemando qualcosa su un piatto. Poi Veronica sentì che un liquido veniva versato in un bicchiere. *Probabilmente succo di frutta*, pensò quando sentì un lieve odore di fragola. *Sorprendente come gli altri sensi diventino più acuti quando uno viene bloccato*, rifletté in silenzio.

«Lascerò qui il tuo cibo», disse poi la donna.

Veronica attese di essere sola nella stanza, poi si tolse la benda dagli occhi., Probabilmente la donna non voleva che lei la vedesse.

Il pasto era composto di un bicchiere di succo di fragola e una generosa fetta di pizza con il salame. Non aveva affatto urgenza di bere o mangiare qualcosa, ma sapeva che sarebbe stato meglio farlo e mantenersi bene fisicamente. Né voleva creare una situazione tesa che potesse far agitare quelle persone. Non sapeva chi fossero o di cosa sarebbero state capaci se le avesse messe alla prova. Di una cosa era sicura: aveva bisogno di restare calma.

Dopo aver mangiato andò in bagno e si fece una doccia veloce nel tentativo di alleviare un po' della tensione che provava nel corpo. Dopo aver finito ed essersi lavata i denti, tornò nella stanza dove il letto ordinato la aspettava. Si sedette e osservò le cose attorno a lei. Un senso di disagio si impossessò di lei. Quella situazione era troppo stressante e acuiva le sue emozioni. Per riuscire ad addormentarsi, si mise le cuffie al minimo del volume e si stese, stanca, cercando di scacciare via i fantasmi della paura e dell'ansia che la stavano tormentando.

CAPITOLO 3

Era molto presto quando Veronica venne svegliata. Due uomini, probabilmente gli stessi della sera precedente, entrarono nella stanza facendola sobbalzare.

«Vedi, carina, non abbiamo intenzione di farti del male, ma perché succeda devi comportarti bene e fare tutto quello che ti chiediamo», spiegò uno di loro avvicinandosi. Indossavano maschere di tessuto nero sui volti.

Non avrebbe più dovuto essere bendata, cosa che l'avrebbe aiutata a osservare meglio l'ambiente circostante.

«Avrai già notato che ti stiamo trattando come una principessa», disse uno degli uomini indicandole la stanza. «Poi, non appena tuo padre avrà pagato il riscatto, ti libereremo e potremo tutti andare avanti con le nostre vite».

Il secondo uomo sembrava essere più amichevole, ma Veronica non voleva sperare troppo. Era stata rapita e sapeva che meno si sarebbe lasciata coinvolgere o avrebbe detto e meglio sarebbe stato per lei.

«Nessuno aveva detto che fosse tanto bella». Il troglodita con la voce più aspra ma melliflua parlava in un tono carico di malizia.

«Non ha importanza per me né per te. Non dimenticartelo!», commentò l'altro rapitore a bassa voce, e Veronica ascoltò tutto senza fare una sola mossa.

«Era solo un commento e non sono tanto pazzo da toccare la ragazzina. Qualcuno si incazzerebbe».

Chi?, pensò incuriosita. *C'è una persona dietro tutto questo che non vuole che mi si tocchi, ma chi potrebbe essere?*, si chiese.

«Non ho intenzione di far agitare nessuno, voglio solo che questa faccenda si risolva presto così potrò tornare a casa», disse cercando di sembrare sicura

«È così che ti vogliamo, dolcezza, calma e tranquilla».

Veronica stava iniziando a sentirsi disgustata da quell'uomo di cui non conosceva neppure il volto. Non era abituata a giudicare persone che non conosceva, ma la voce di quel tipo le causava ansia e brividi per il tono sarcastico e scortese con cui parlava.

«Oggi chiameremo tuo padre per dirgli la somma che chiediamo ci consegni prima possibile. Tu gli parlerai per fargli sapere che va tutto bene».

Veronica si preparò in fretta mentre i criminali la aspettavano lì. Quando tornò dal bagno, fu portata su per le scale. Lungo la strada non vide traccia della donna che era stata nella sua stanza la sera precedente. Probabilmente era andata a fare spese oppure non viveva lì. Nel soggiorno non c'erano molti mobili, solo un grande divano e una piccola console dove era poggiato il telefono, e per finire un TV sulla parete e un tavolino da caffè. Non appena si fu seduta, fecero la telefonata.

Uno degli uomini fu il primo a parlare con suo padre. Gli diede tutte le informazioni necessarie sul riscatto. Veronica ascoltò quello che diceva, ma in realtà avrebbe solo voluto sapere come stava suo padre. Mentre il criminale parlava incessantemente, tenne la testa bassa e lo sguardo fisso su un singolo punto. L'uomo le passò il telefono e lei si sentì stringere il cuore, ma sapeva che quella sensazione non l'avrebbe aiutata, quindi fece un profondo respiro e tentò di essere il più naturale possibile. Avrebbe voluto poter parlare in tono dolce a suo padre per calmarlo, ma le sole parole che poté pronunciare prima che le togliessero il telefono furono che andava tutto bene e lui doveva restare calmo. I criminali non volevano che parlasse troppo con lui. Il loro unico desiderio era che sentisse la voce di sua figlia e obbedisse immediatamente alle richieste che gli avevano fatto.

Poi fu riportata nella sua stanza da uno dei criminali mentre l'altro continuava a parlare con suo padre. Fu lasciata nella stanza, da dove non fu più in grado di ascoltare la conversazione. Stavano minacciando suo padre o solo facendo le classiche richieste? Sperava che non lo tormentassero lasciando intendere che l'avrebbero uccisa, perché quello l'avrebbe fatto impazzire e aveva sofferto di pressione alta di recente.

Era chiaro nella sua mente che l'unico obiettivo di quegli uomini erano i soldi, ma non si sentiva al sicuro. Momenti come quelli erano seguiti da elevati livelli di stress che potevano facilmente portare a fare qualcosa di più pericoloso. Sapeva che molti rapimenti finivano in tragedia, non solo a causa delle intenzioni dei criminali ma anche per via della loro mancanza di preparazione e capacità. Avrebbe dovuto collaborare molto, perché uno di loro sembrava non avere affatto il controllo delle proprie emozioni.

Si sedette lentamente sul letto e rimase immobile, facendo l'unica cosa che poteva fare in quel momento: respirare.

Dopo qualche ora senza che avesse sentito alcun suono, uno degli uomini andò a portarle il pranzo. Il criminale grosso e nerboruto dallo sguardo malevolo indossava una maschera, e lei si immaginò un volto crudele che le fece provare paura.

«Eccoti da mangiare, principessa».

Poggiò un bel vassoio sul comodino dove, in aggiunta al tradizionale riso con fagioli, c'erano anche una piccola quantità di purè di patate, stufato di manzo e succo di frutta. Era stato tanto gentile da portarle una fetta di pudding per dessert. Quello avrebbe potuto essere un segno che volevano che tutto finisse bene. Si sarebbe aggrappata a quella certezza per cercare di sentirsi meno tesa.

«Grazie!» Non aveva la minima intenzione di legare con quell'uomo, ma essere educata avrebbe potuto rivelarsi utile.

«Sei anche più bella che in foto, sai?»

Veronica osservò il vassoio in silenzio senza alcuna reazione, positiva o negativa che fosse. Lui proseguì dopo aver notato che restava silente: «Non preoccuparti, ragazza, a meno che tu mi costringa, cosa che mi piacerebbe molto, non potrò farti nulla».

Grazie al cielo, pensò lei.

«Ora mangia e riposa».

L'uomo si voltò di scatto mentre stava andando via.

«Ti serve altro?»

«No, grazie!»

Nel momento in cui rimase sola nella stanza, Veronica prese il vassoio; stava morendo di fame. Quello sarebbe stato il suo primo pasto della giornata e non era abituata a restare tanto a lungo senza mangiare. Dopo aver finito, si appoggiò alla testiera del letto, pensierosa. Cosa poteva fare per risolvere quella situazione? Forse il suo compito era solo restare calma, niente di più. Avrebbe provato a seguire quel pensiero.

CAPITOLO 4

Douglas arrivò a casa pensieroso. A quanto pareva non c'era alcun indizio che potesse correlare il rapimento a un crimine passionale. I soldi sembravano essere l'unico scopo. Avrebbe gestito il caso di conseguenza, e non avrebbe considerato troppe possibilità che potessero deviare la sua attenzione verso false piste che alla fine non avrebbero condotto a nulla. Si sarebbe avvantaggiato del fatto che i criminali non avrebbero chiamato prima di sera o del giorno successivo e avrebbe organizzato le cose. Avrebbe dovuto restare a casa del signor Braz quella notte e per tutto il tempo necessario finché la situazione non fosse stata risolta.

L'uomo non era in condizioni di parlare da solo con i rapitori e, dato che avevano scelto di non coinvolgere la polizia a meno che il caso fosse diventato molto complicato, ci sarebbero stati solo loro due a gestire la cosa. Esisteva anche la possibilità di incasinare le negoziazioni se la notizia fosse trapelata e i media avessero saputo qualcosa. Anche se sembrava strano, sapeva che molti cattivi non erano preparati a qualcosa di una simile portata e finivano col commettere stupidi errori perché potevano sentirsi in trappola.

Mentre preparava le cose di cui avrebbe avuto bisogno per il tempo da trascorrere nella residenza dei Braz, si ricordò delle foto della donna rapita. Non ricordava di aver mai visto quel volto, in effetti se l'avesse fatto non l'avrebbe mai dimenticato. Per lui era normale conoscere ben pochi volti. La sua vita si basava su poche cose. Si concentrava sul lavoro e la carriera. Non si permetteva di avere molte distrazioni a parte qualche storia d'amore per alleggerire il corpo e la mente.

All'età di trentadue anni e con una bellezza che non gli permetteva di passare inosservato, veniva costantemente avvicinato da belle donne. Era alto un metro e settantotto, pelle scura e corpo in forma per amore della salute, e anche perché il lavoro glielo richiedeva in caso di necessità. Aveva anche capelli castani con un taglio corto e professionale in aggiunta ai bellissimi occhi color castano miele, a volte freddi e distanti, che sembravano deliziare il genere femminile col loro mistero. E per finire, labbra carnose che occasionalmente mostravano un discreto sorriso formato da una gradevole fila di denti allineati completavano la bellezza del detective.

Tuttavia non aveva tempo per le sempre più audaci avance delle donne, e quando le accettava cercava ben presto di porre fine al rapporto per evitare problemi non necessari. Era contento della sua vita e l'avrebbe mantenuta come era fintantoché fosse rimasta soddisfacente.

Non c'era molto che dovesse prendere, dato che non si aggrappava a molte cose per vivere. Una delle ragioni per non affidarsi ai beni materiali era l'essere rimasto orfano di madre in giovanissima età, con un padre che non aveva molto tempo da dedicare a suo figlio. Aveva necessità di lavorare per sbarcare il lunario, e di conseguenza Douglas era cresciuto con troppe responsabilità e troppo pochi affetti. Era consapevole del fatto che quella situazione avesse aiutato molto lo sviluppo suo e del suo carattere, e questo lo aveva condotto alla professione che aveva scelto e che amava. Il suo lavoro impiegava molto del suo tempo, ma ne otteneva dei buoni profitti. Aveva un'agenzia sua e uno staff ben addestrato disposto a risolvere casi pericolosi se necessario. Essendo consapevole della professionalità dei suoi collaboratori, aveva deciso di accettare quel caso che, secondo suo padre, avrebbe dovuto essere seguito a tempo pieno per venire incontro a qualunque necessità che il suo amico potesse avere. Aveva accettato l'offerta anche perché così avrebbe dedicato meno tempo al lavoro, cosa che in un certo senso gli avrebbe consentito un po' di riposo.

Tornato alla villa del suo cliente, sistemò le sue cose nella stanza che gli era stata messa a disposizione, accanto a quella della giovane donna. Si organizzò e decise di provare a conoscere un po' meglio la casa. C'erano molte stanze, i cui lussuosi arredamenti non corrispondevano affatto a quella di Veronica. Lei non se ne rendeva conto? O semplicemente non le importava? Ne dubitava molto. Tuttavia, non erano affari suoi il modo in cui l'occupante della stanza accanto viveva e si comportava. La sua sola funzione lì era risolvere il caso e tornare alla sua routine e al suo lavoro.

Il giro per la casa lo annoiò presto e scelse di sedersi su una panchina sotto un grande albero nel giardino. Da lì poteva avere una visuale più ampia. Osservò senza molto interesse, perché sapeva di non aver bisogno di farlo. Il rapimento non era avvenuto lì e presto ne avrebbe saputo di più. Di tutti i suoi altri casi, ce n'era stato solo uno che non era stato in grado di risolvere a causa del modo in cui si era comportato il figlio del gentiluomo rapito. Per colpa della sua immaturità, suo padre era diventato una vittima dei fuorilegge ed era stato ucciso durante la prigionia. Non voleva ricordare quell'evento, erano passati anni da quando era avvenuto e ancora se ne dava la colpa, anche se non era stata sua. Non sarebbe successo di nuovo, si ripromise.

Si era fatto buio e Douglas stava tornando nella sua stanza, dopo aver parlato un po' con un'anziana cameriera, quando suonò il telefono. Era stata disposta una linea per i rapitori in modo che nulla potesse impedire loro di parlare con la famiglia. Chiese al signor Braz di rispondere con calma.

«Pronto? Sì?»

Douglas riusciva a sentire la voce del criminale dal punto in cui si trovava accanto al telefono in vivavoce.

«Non intendiamo passare troppo tempo con tua figlia, boss, quindi comincia a metterti al lavoro, va bene?!» disse l'uomo in tono rude.

«Sì, certo, risolveremo in fretta. Come sta mia figlia? Posso parlare con lei?»

Douglas era al fianco dell'uomo per guidarlo con i gesti, chiedendogli di calmarsi e non fare troppe domande. Avrebbe dovuto ascoltare e obbedire, niente altro.

«Papà?»

Quella voce gli penetrò la mente come un pugno nello stomaco. Divenne inquieto quando sentì quel suono dolce. Se non fosse stato per il fatto che l'occasione richiedeva così tanta della sua attenzione, avrebbe potuto giungere alla conclusione di star impazzendo per il fatto di agitarsi tanto per una voce femminile.

«Mia cara, stai bene?» chiese il signor Braz agitato, irrompendo nei suoi pensieri.

«Sì, papà, sto bene. Non preoccuparti, risolveremo tutto molto presto».

Quella voce, per quanto dolce, aveva anche una forza notevole. C'era una tale sicurezza nelle sue parole che Douglas si sentì fiero di quella giovane donna che pur essendo prigioniera e non avendo la minima idea di quale sarebbe stato il risultato di quella storia sembrava forte e fiduciosa.

«Non ti stanno maltrattando, tesoro?»

L'uomo stava iniziando a farsi trasportare dalle sue emozioni. Non era un bene per le negoziazioni. Douglas fece un cenno per attirare la sua attenzione e dirgli di calmarsi di nuovo.

«Hai parlato con tua figlia. Visto? Sta bene. Quindi questo è l'accordo: dacci cinquecentomila dollari e tornerà da te senza un graffio. Niente lamentele, so che potresti pagare anche di più, ma non vogliamo renderti troppo difficile mettere assieme i soldi, quindi sbrigati e ci faremo risentire presto».

La linea rimase muta per qualche secondo.

«È il caso che ti ricordi che la polizia non deve essere coinvolta in questo caso, altrimenti riavrai tua figlia in un sacco nero, vale a dire se faccio il bravo e non la scarico da qualche parte dove potrai trovare solo le sue ossa se sei fortunato».

Quella minaccia colpì l'uomo con tale forza che il poverino quasi si fece sfuggire il telefono dalle mani. Douglas si commosse per quella scena e desiderò di poter essere faccia a faccia con quel bandito per prendere la giustizia nelle proprie mani.

«Non temete. Rivoglio solo indietro mia figlia, niente altro», disse il signor Braz, mascherando le proprie emozioni su sua richiesta.

La conversazione venne rapidamente interrotta.

***

Veronica fu riportata nella stanza da letto dal criminale che aveva parlato con suo padre.

«Vedi, carina, risolveremo presto tutto e potrai tornare a casa viva e vegeta».

Entrò nella stanza in silenzio e si sedette sul letto. Riusciva a percepire lo sguardo dell'uomo sul suo corpo, nonostante gli voltasse la schiena. Quella situazione doveva essere risolta in fretta, o avrebbe potuto avere seri problemi con quell'individuo. L'uomo se ne andò e la lasciò sola coi suoi pensieri. Suo padre stava venendo aiutato da qualcuno in quel momento, o quel pover uomo era da solo? Come avrebbe reagito a tutto ciò? Sperava stesse venendo supportato. Era snervante iniziare la giornata con un'aspettativa e terminarla non sapendo cosa sarebbe successo la mattina dopo.

***

«Non faranno niente a sua figlia, non si preoccupi. Vale molto di più viva e loro lo sanno». Douglas voleva alleviare il dolore visibile su tutto il volto dell'uomo, che sembrava essere invecchiato di colpo.

«Spero davvero lei abbia ragione, figliolo, non potrei sopportare di perdere la mia unica figlia», commentò lui, coprendosi il viso con mani tremanti. «Cosa facciamo? Non sarebbe meglio chiedere l'aiuto della polizia?» chiese infine.

«Aspettiamo la prossima telefonata e poi decideremo cosa fare», rispose Douglas cauto.

Poi si congedò dopo aver notato che l'uomo era meno teso e andò a prendere una boccata d'aria per poter riflettere meglio.

Si mise di nuovo sotto l'albero a pensare alla situazione. C'era qualcosa che lo impensieriva oltre al fatto di aver avuto una delle più stupide reazioni al sentire la voce della giovane donna al telefono. C'era decisamente qualcosa di strano, ma cosa? Qualcosa non sembrava essere normale, ma non riusciva a capire di cosa si trattasse. Stava impazzendo, o i suoi sensi già acuti volevano rivelargli qualcosa che non aveva ancora compreso?

Accese il telefono. Aveva registrato la conversazione con i rapitori. Senza badare al resto, accelerò la riproduzione e si fermò al punto in cui la ragazza aveva parlato con suo padre. Cosa gli stava succedendo? Perché mai era attratto dalla voce di quella donna? Non comprendeva la sua reazione e la sua ammirazione. Il suo unico compito era riportare a casa la figlia del suo cliente. *Forse il fatto che lei fosse più preoccupata di suo padre che della sua stessa sicurezza mi ha colpito. Deve trattarsi di quello*, pensò infastidito.

Dopo aver riflettuto in silenzio per un po' sotto la luna, ebbe una lunga conversazione col padre di Veronica e andò a letto. Finché riuscì a restare sveglio, ascoltò diverse volte la registrazione, e non solo non notò nulla di anomalo, o nulla che avrebbe potuto aiutarlo a capire dove fossero, in aggiunta non mancò mai di avere la stessa reazione della prima volta ogni volta che sentiva la voce di Veronica. Quello sembrava essere il peggiore dei suoi casi. Se non riusciva a mantenersi concentrato esclusivamente sul rapimento, avrebbe dovuto chiedere aiuto a un suo amico poliziotto, perché la sua capacità di giudicare era un po' compromessa. Era stanco e aveva disperatamente bisogno di una vacanza. Quella era probabilmente la causa principale della sua mancanza di concentrazione.

Il giorno successivo, come concordato, attesero che il telefono squillasse e forse che venissero date le istruzioni. Al mattino non ricevettero alcun genere di notizia, e così anche nel pomeriggio, cosa che iniziò a far preoccupare il padre della ragazza. Tutto indicava che i fuorilegge avessero fretta di concludere quel rapimento, ma stavano restando in silenzio troppo a lungo per qualcuno che desiderava farla finita in fretta. Tuttavia, Douglas non era allarmato e tentò di rassicurare l'uomo.

«È normale che passino giorni senza alcun contatto, signor Braz. La usano come strategia e nient'altro». Era ben conscio dei trucchetti di persone come quelle.

Alla fine della giornata erano pronti, ma la telefonata non arrivò. Anche se il padre di Veronica tentava di restare calmo, Douglas riusciva a vedere la sua ansia, perciò decise di restare a parlare con lui fino a tardi. Solo quando l'anziano gentiluomo fu davvero stanco gli diede la buonanotte e andò nella sua stanza, aspettandosi che il suo assonnato cliente si sarebbe addormentato e sarebbe stato in condizioni migliori il giorno successivo.

Il giorno dopo arrivò portando con sé nuove speranze. Douglas bevve rapidamente un caffè in cucina e si prese un po' di tempo per organizzare le proprie idee. Il padre di Veronica era dovuto andare in ufficio per sistemare alcune cose, lasciandolo da solo. Pensava fosse stata una buona idea. Così facendo, si sarebbe preso una pausa per un po' da quella situazione, e non avrebbe lasciato spazio a conversazioni sulla scomparsa di sua figlia.

Dopo pranzo continuò il silenzio e stavolta fu Douglas a esserne intrigato. Tutto indicava che i criminali volessero risolvere la faccenda prima possibile, quindi quella mancanza di comunicazioni era davvero strana.

Nel tardo pomeriggio, per loro sfortuna, ricevettero la visita di uno zio di Veronica che non sapeva nulla della situazione.

«Come stai, Armando?» lo salutò Paul cercando di nascondere la propria angoscia.

«Bene, grazie, Paul, e tu?» chiese l'altro, nascondendo un sorriso che colse l'attenzione di Douglas.

«Le tue sorelle e i tuoi nipoti stanno bene?»

Armando rispose di sì.

«Come mai da queste parti? È da più di un mese che non ci facevi visita. Veronica ha parlato molto della tua assenza. Sei l'unico parente che ha da parte di sua madre», commentò debolmente Paul.

Douglas era curioso in merito a quell'ospite.

«Non ho molto tempo, Paul, ma vi farò visita più spesso quando mi sarà possibile. Stavo passando di qua e ho deciso di fare un salto per uno di quei deliziosi caffè che trovo solo qui», disse l'uomo passandosi la mano sugli ampi baffi e giù lungo la barba. «Ho sentito che non stavi molto bene, per cui ho evitato di passare per non disturbarti», spiegò guardandosi attorno.

«Già, ho avuto dei brutti momento, ma sto meglio».

Il suo tono debole parve commuovere il suo ex cognato.

«Ma a me sembri ancora debole. Beh, dovrei andare, hai un ospite e non vorrei essere di troppo».

L'uomo si alzò e Douglas lo accompagnò alla porta.

«Sta bene? Voleva dirci qualcosa?»

C'era qualcosa di strano in quella visita, e Douglas non si sarebbe lasciato sfuggire la possibilità di sapere cosa fosse.

«No, niente». L'uomo si ritrasse appena.

«Quando è arrivato sembrava preoccupato, e da quanto ho potuto vedere c'è dell'affetto tra lei e Veronica, quindi come mai non ha chiesto di lei? È perché sa che non è qui e ha qualche informazione su dove si trovi?»

Il signor Braz guardava la scena, apparentemente senza capire cosa stesse succedendo.

«Che state dicendo?» chiese preoccupato. Si rivolse al suo ospite e gli disse in tono serio: «In effetti non hai chiesto di Veronica. Cosa sai di lei?» lo interrogò con voce un po' più ferma.

«Non so di cosa stiate parlando, è successo qualcosa a Veronica?» rispose lo zio con espressione indecifrabile.

«Dica solo quello che deve dire, signore. Per me è chiaro che il suo rapimento coinvolga persone vicine a lei. Quindi si sieda e risolveremo presto la faccenda».

L'uomo agitato si sedette di nuovo, cercando un po' di sostegno.

«Mi dispiace, Paul», disse quando notò la tristezza negli occhi dell'altro.

«Dove si trova?» lo interrogò Douglas in tono più secco del solito. Quell'uomo aveva qualcosa da dire, ed era importante.

«Non lo so». Armando iniziò a piangere, coprendosi il viso con le mani tremanti.

«Ci dica quello che sa, per favore», gli disse Douglas, ma l'uomo rimase in silenzio e non ebbe alcuna reazione.

«Andiamo! Dimmi solo dov'è mia figlia!» gli intimò il signor Braz, sul punto di mettergli le mani attorno alla gola.

«È stato mio nipote Henrique. Mi ha convinto a farmi coinvolgere con la scusa che avessimo il diritto di ricevere qualcosa, dato che tutto quello che tu e Valquíria avete costruito nel corso degli anni era anche di proprietà della sua famiglia, e tu ti sei tenuto tutto».

«È mio di diritto. Ho creato tutto da solo, e solo Veronica ne ha diritto».

La delusione negli occhi dell'uomo mise ancora più a disagio Armando.

«Ha detto che suo nipote l'ha convinta, a far cosa?» chiese Douglas, anche se poteva già prevedere quello che l'uomo avrebbe risposto.

«Per prima cosa, mi ha ricattato e mi ha convinto a farlo promettendomi che non le avrebbe fatto alcun male, perciò ho finito con l'accettare, dato che ho dei debiti e potrei perdere la mia casa. Inoltre, conosce alcuni miei segreti». Guardò con sospetto il padre di Veronica. «Ma stamattina mi ha detto di aver cambiato i suoi piani e non aver più bisogno di me. È al comando dell'operazione e temo che possa fare qualcosa alla mia ragazza, perciò sono venuto qui per avere novità».

«Quindi suo nipote è il responsabile del rapimento. Com'è? Che carattere ha? Come si comporta?» Douglas era nervoso nell'immaginarsi Veronica nelle mani di un criminale senza scrupoli.

«È ambizioso, gli piace dominare le persone e non ha nessuna personalità, ma sa come comportarsi da brava persona quando lo ritiene necessario», spiegò il signor Braz senza attendere che lo zio di Veronica rispondesse.

Non era quello che il detective avrebbe voluto sentire. Veronica poteva essere davvero in pericolo in quel momento.

«Come hai potuto farlo, Armando? Lei ti amava come un secondo padre, e ti ha sempre aiutato ogni volta che hai avuto bisogno di qualcosa».

Se il signor Braz non fosse stato tanto scosso dal rapimento e ora dal tradimento, Douglas era certo che avrebbe ucciso l'ex cognato con le sue stesse mani.

«Ha cercato di convincermi che sarebbe stata una cosa veloce e senza alcun problema, ma quando ha visto che non ero bravo in queste cose mi ha ricattato affermando che avrebbe reso pubblico il mio furto ai danni della tua azienda quando eravamo soci».

Il padre di Veronica scosse la testa.

«Io e Veronica abbiamo sempre saputo quello che hai fatto, Armando. Non è niente di nuovo per noi, e lei non ti ha voltato le spalle per quello. Mia figlia non ti ha mai criticato per quello. Abbiamo preferito ignorarlo perché sapevamo delle tue difficoltà finanziarie e delle notti che trascorrevi a giocare a carte».

Douglas ascoltava con attenzione le parole di entrambi gli uomini.

«Non avrei mai immaginato che lo sapeste, quindi è stato tutto invano», disse Armando guardando gli uomini davanti a sé con espressione triste.

«Hai messo in pericolo la vita della persona che ti vuole più bene, Armando. Veronica ti ha sempre accettato così come sei. Avresti dovuto saperlo che non ti avrebbe mai abbandonato anche se avesse scoperto i tuoi passati errori».

«Anche io le voglio bene. Sono stato ingannato e non mi sarei mai lasciato coinvolgere se avessi saputo che sarebbe finita in questo modo», disse l'uomo con aria abbattuta.

«Non è ancora finita e dovremo agire presto. Chiederò aiuto a un mio amico poliziotto e gli richiederò la massima discrezione. In quanto a lei, anche se non dovrebbe più essere nello stesso posto visto che è stato estromesso dalla banda, può aiutarci con qualcos'altro?» aggiunse il detective.

«Non so dove siano andati e dove siano adesso. Sapevo solo che erano in un posto a quindici chilometri da qui, ma non sono più là, ho controllato prima di venire qui».

«Suo nipote non le ha dato alcun indizio su dove l'avrebbe trasferita in caso di emergenza? Se avessero avuto bisogno di un piano B?» volle sapere Douglas sperando che l'uomo si sarebbe ricordato qualcosa.

«No! Mi ha minacciato e mi ha detto che sarei stato arrestato e mi avrebbe ucciso in carcere se lo avessi denunciato».

Al contrario di quest'uomo anziano, l'altro fuorilegge potrebbe decisamente essere pericoloso, rifletté Douglas preoccupato.

«Deve restare qui fino a quando risolveremo il caso, in modo da non intralciare le negoziazioni e non rischiare la vita in caso suo nipote venga a cercarla. Non credo che succederà, ma è meglio che resti qui», gli ordinò Douglas in tono brusco, rendendo chiaro che non avrebbe accettato un no come risposta.

«Ha detto che sarebbe andato a Bogotà una volta ricevuta la sua parte».

Questa informazione non ha più alcuna utilità, di certo ha cambiato i suoi piani e anche altre cose devono essere cambiate, pensò Douglas.

«Attenda qui e pensi dopo a risolvere il suo dispiacere, ci concentreremo solo su Veronica e niente altro e, a meno che le venga in mente qualcosa che possa aiutarci, apprezzerei se restasse in silenzio», disse il detective guardando lo zio in imbarazzo.

CAPITOLO 5

Veronica aveva notato fin dal sorgere del sole degli strani eventi nella casa. Era successo qualcosa che aveva fatto sì che i criminali cambiassero i loro piani. Avevano discusso per un po', e sembravano agitati. Dopo una lunga attesa, sentì che una chiave veniva inserita nella serratura della porta e si irrigidì.

«Buongiorno, cara, stamattina pranzerai lungo la strada, quindi prendi le tue cose e andiamo».

L'uomo attese che prendesse alcune cose che avevano lasciato per lei. Fu costretta a salire lungo lo stretto passaggio delle scale che avevano lasciato apposta per lei. Mentre anche l'uomo saliva, la premeva contro la parete con il proprio corpo. Il disgusto era talmente intenso che per poco non si fece del male contro il legno per restare il più lontana possibile da quell'uomo rivoltante.

Dopo che era stata liberata da quella sgradevole situazione, l'uomo le indicò dove andare e lei eseguì. C'era un'auto ad aspettarli. Una macchina sportiva non troppo lussuosa. I vetri oscurati le impedirono di guardare all'interno. Quando fu fatta sedere sul sedile posteriore, le vennero coperti gli occhi con gli stessi occhiali del primo giorno.

«Fa' la brava, tesoro, e non ti succederà niente. Andremo in un posto più appartato, così starai più comoda».

Per un po' non dissero altro. Veronica riusciva a sentire i versi degli uccelli e il buon odore delle foreste. *Di certo mi stanno portando in qualche fattoria ancora più lontana, ma perché? Sono stati scoperti e hanno quindi deciso di cambiare? O hanno cambiato piani e intendono uccidermi lì in modo da avere più tempo per scappare?* La sua parte razionale le chiedeva di restare calma e non pensare a nulla che non potesse esserle d'aiuto, ma la paura si intensificava. Quella tortura diventava sempre più forte.

«Non mi piace questo cambio di piani e di comando e così via. Se non fosse stato per l'aumento del denaro, me ne sarei andato», disse il più arrogante degli uomini, mostrandosi irritato. «Questo genere di cose incasina i piani che erano stati fatti».

«Chiudi il becco, ne parliamo dopo», ordinò busco l'altro uomo.

Il silenzio si impadronì del veicolo. Veronica si chiese cosa fosse in effetti cambiato. Il capo della banda non era più lo stesso. *Cosa può mai essere successo per cambiare il capo nel mezzo di un rapimento Se non andava bene che il criminale al potere decidesse tutto, pensa come andranno le cose per me.* Si sentì insicura.

Sapeva che non c'era molto che potesse fare a parte attendere e sperare che tutto finisse bene. Come al solito, disse le sue preghiere e si appoggiò allo schienale del sedile, stanca.

***

Douglas organizzò un incontro con il suo amico poliziotto e gli spiegò cosa stava succedendo e che da quel momento in poi avrebbero lavorato assieme. Non era sua abitudine chiedere aiuto nella fase della prima conversazione con i criminali. Di solito avrebbe immediatamente risolto il caso senza richiamare troppa attenzione. Tuttavia, in quel particolare caso aveva bisogno di supporto nell'ipotesi che la sua mente da negoziatore fallisse. Stava diventando troppo coinvolto, e quello non era positivo.

Come si erano aspettati, non vi fu alcun contatto quel giorno. Sapeva che sarebbe potuto accadere. Il nuovo capo avrebbe cercato un altro nascondiglio in cui essere al sicuro e, ovviamente, una nuova strategia.

«Grazie di aver accettato con me di non rendere pubblica la faccenda», disse al suo collega non appena fu entrato nel bar in cui avevano concordato di vedersi.

«Voglio aiutarti nel miglior modo possibile, amico mio, ma sia chiaro che se mi rendo conto che la cosa sta diventando davvero pericolosa, dovrò entrare nel caso non solo come tuo amico ma anche come rappresentante della legge», chiarì l'uomo.

«Questo lo so».

Si sedettero entrambi per una conversazione informale.

«Cosa sai del caso?», volle sapere l'uomo, preoccupato.

«Non molto, Raul. So che è stata rapita dall'azienda mentre usciva». Douglas si guardò attorno prima di proseguire. «Mi sono reso conto dall'inizio che il caso era diverso da quelli a cui assisto di solito. La comunicazione tra i rapitori e il padre della vittima, anche se aggressiva, era anche molto semplice. Per non parlare del fatto che le hanno permesso di parlare con suo padre due volte di fila. Quello mi ha intrigato, sai?»

L'altro ascoltò in silenzio.

«Oggi lo zio di Veronica è venuto a casa sua e abbiamo alla fine scoperto che era coinvolto nel caso. Stando a lui, era stato ricattato da un suo nipote di cui dovremo controllare i precedenti. È stato estromesso dal colpo forse perché sono giunti alla conclusione che lui era l'anello più debole di tutti. Credo che la banda consti di almeno quattro o cinque persone, e hanno usato suo zio perché è il parente più prossimo e poteva dare loro informazioni preziose».

«E la donna? Cosa sai di lei e della sua vita?»

Douglas si schiarì la gola prima di continuare.

«Secondo suo padre, Veronica è dedita al lavoro e al volontariato. Non ci sono molte cose nella sua vita che possano portarci alla possibilità di un rapimento passionale o simili. Tutto indica che l'intenzione sia solo ed esclusivamente monetaria».

«E tu ci credi?» volle sapere il poliziotto.

«È quello che ho al momento quindi lavorerò su questa possibilità, ma posso dirti che credo davvero sia quello lo scopo principale, anche se ovviamente potrebbero essercene degli altri», rispose Douglas pensieroso.

«Di rado mi hai chiesto aiuto in un caso lineare come questo. Cosa ti ha spinto a farlo? Confesso di essere sorpreso» La curiosità era evidente sul volto del poliziotto.

«Diciamo solo che la mia mente è un po' disturbata e mi serve l'aiuto di qualcuno con capacità simili alle mie», rispose imbarazzato Douglas.

«D'accordo, non preoccuparti. Collaborerò nel miglior modo possibile», disse il poliziotto, rendendosi conto che qualcosa preoccupava il suo amico.

«Grazie ancora», disse Douglas senza scendere in dettagli.

Dopo aver preso alcuni appunti assieme al poliziotto, Douglas decise di organizzarsi per il giorno successivo, quando probabilmente ci sarebbe stato un contatto e avrebbero potuto scoprire un po' di più sulle prossime richieste dei rapitori.

***

Quando arrivarono alla loro nuova destinazione, Veronica era esausta e affamata. Non aveva mangiato bene quel giorno, a causa dell'ansia che la possedeva. Rendendosi conto del suo disagio, il criminale che riteneva meno scortese le diede un panino comprato lungo la strada e un bicchiere di succo di frutta. Era stata portata in una stanza in cui c'erano un letto e una scrivania con alcuni libri. Almeno avrebbe avuto qualcosa con cui distrarsi mentre era obbligata a restare in quel posto. Esausta per il viaggio e lo stress continuo, si fece una doccia e andò a letto, addormentandosi non molto tempo dopo.

Sogni bizzarri iniziarono a tormentare il suo sonno. A un certo punto, si ritrovò a cercare di scappare dalla prigionia ed essere inseguita dal bruto che la disgustava. Poi giunse un altro inseguitore, di cui non riusciva a vedere i lineamenti, pur essendo certa che fosse l'altro rapitore. Quella persona la chiamava per nome e il suono le ricordava qualcuno, ma non riusciva a identificarlo. Le facevano male le gambe e il suo corpo bruciava per lo sforzo fatto per fuggire.

Quando fu esausta e si sentì un po' più sicura si fermo per riposare. All'improvviso sentì una mano pesante sulla spalla che la teneva con forza, tuttavia senza farle male. Spaventata, si voltò e, quando fu in grado di vedere il volto della persona che le stava impedendo di proseguire, si svegliò di soprassalto.

«Credo di star diventando paranoica», disse tra sé. «Ma sembrava così reale». Si mise la mano destra sul petto. Il suo battito le dimostrò quanto fosse stato intenso il sogno.

Nel silenzio e nell'oscurità della stanza, gli unici suoni che riusciva a sentire venivano dall'esterno della casa. Era già notte e nient'altro che la natura era presente. Cosa che era meglio dell'inquietante silenzio della prigione precedente. Di fuori, il chiarore era forte. *Probabilmente c'è la luna piena*, pensò con un leggero sorriso sulle labbra. Innumerevoli volte, anche dopo essere diventata adulta, era rimasta alzata a guardare dalla finestra della sua stanza la luna e la sua misteriosa bellezza, soprattutto quando era piena. Una forza indefinibile la avvolse, portandole enorme sollievo e pace mentre osservava quel fenomeno unico.

Anche se fuori era buio, sapeva che un nuovo domani sarebbe giunto, e magari il suo giorno sarebbe stato luminoso come lo era la luna in quel momento.

CAPITOLO 6

Il giorno stava ancora iniziando a sorgere quando il rapitore andò da Veronica nella sua stanza affermando che l'avrebbero messa in contatto con suo padre. Senza ulteriore indugio, si alzò e lo seguì. Il giorno prima non aveva potuto osservare adeguatamente quel posto, ma si rese conto che era più ampio e organizzato del precedente. Era una residenza di campagna ben tenuta e ammobiliata. Con una certa curiosità, guardò ovunque nel tentativo di scoprire qualcosa che potesse aiutarla quando ne avesse avuto bisogno, ma non notò niente di particolare. Rimase immobile a cercare qualcosa fino a quando la informarono che avrebbero fatto la telefonata.

***

Douglas era nella stanza a parlare con il padre di Veronica. Nessuno dei due aveva dormito bene, anticipando quello che sarebbe successo il giorno seguente. Quando suonò il telefono, all'ansioso padre venne chiesto di rispondere.

«Non dirò molto. Ho chiamato solo per farti sapere che abbiamo cambiato alcuni piani e vogliamo seicentomila dollari. Tua figlia sta ancora venendo trattata bene e continuerà a esserlo. Non intendiamo tirare avanti questa cosa a lungo, come ho già detto, quindi sbrigarti e procurati i soldi entro due giorni. Dopo questo tempo, ci organizzeremo per incontrarci e fare lo scambio. Se fai qualche giochetto, lei muore So molto su di te e la tua famiglia, quindi non cercare di imbrogliarmi».

***

Senza esitazione, l'uomo riattaccò, lasciando padre e figlia sbalorditi. Il modo brusco in cui l'uomo aveva parlato aveva spaventato Veronica. L'atmosfera stava diventando tesa e stressante.

***

«Ci aspettavamo che si comportassero così, non deve preoccuparsi più del necessario. Hanno sua figlia da quattro giorni e sotto una nuova organizzazione della banda stanno mettendo pressione su di lei perché ottemperi alle loro richieste prima possibile, questo è normale. Cerchi di recuperare metà dei soldi e io parlerò col mio amico per cercare di vedere se riusciamo a trovare qualche indizio, o rintracciare la chiamata, o ottenere qualche informazione. Stanno rendendoci le cose un po' difficili ma continueremo a provare. Negozieremo per metà del valore».

«Intende negoziare con loro?»

Douglas annuì.

«Non voglio che Veronica sia alla mercé di questi criminali troppo a lungo. Accettiamo la loro richiesta», concluse il signor Braz categorico.

«Non deve pagare subito la cifra richiesta, signor Braz. Possiamo negoziare. Anche se sanno molto di lei, sono consapevoli che raccogliere questa cifra non è una cosa che si possa fare facilmente. Ha quella somma disponibile?»

«No, ma farò tutto il necessario per ottenerla», rispose deciso l'uomo.

«Mi dispiace dirlo, signor Braz, ma purtroppo non possiamo comportarci così. Per quelle persone sua figlia è solo una merce, e se le dà un valore elevato chiederanno sempre di più fino a quando non riuscirete a ottenere quella cifra in tempi brevi e avremo dei problemi», disse Douglas calmo.

«Non voglio che pensi a rintracciarli, voglio solo riavere indietro mia figlia viva. Non ho quella cifra, è tutto investito in proprietà immobiliari, ma la avrò presto, e ripeto che voglio solo mia figlia.»

Douglas a quel punto lo lasciò e chiamò il suo amico, informandolo del chiaro desiderio del padre di Veronica di fare quello che i criminali avevano chiesto e niente di più. Anche se erano criminali, Douglas si rese conto che da quel momento in poi le negoziazioni avrebbero dovuto essere completate il più velocemente possibile. Non poteva permettere che quella situazione si protraesse. I rapimenti prolungati potevano creare delle cicatrici nella mente delle persone. Dove e come stava Veronica in quel momento? Stava bene o era spaventata quanto lo era suo padre? Douglas non lo sapeva e preferiva avere fiducia.

***

Veronica fu riportata nella sua stanza in fretta. Aveva sperato che sarebbe stata in grado di parlare con suo padre, altrimenti non c'era alcuna ragione per cui l'avessero portata in soggiorno. *Forse volevano che entrambi ascoltassimo le nuove regole del gioco. Che sta succedendo a questi criminali? Sono preoccupati di come andrà a finire questa storia?* pensò. Il rapitore meno scortese non fece alcun commento in merito al comportamento dell'altro. Se il bruto aveva preso il comando delle negoziazioni, quello non era un buon segno, visto che aveva già capito che quell'uomo non razionalizzava molto bene, oltre a essere aggressivo.

La mattina dopo, Veronica non accettò il caffè. Era preoccupata per la direzione che le negoziazioni stavano prendendo, e per la prima volta provava un enorme desiderio di essere a casa, nella villa che aveva tanto disprezzato per il suo lusso e per gli eccessi di sicurezza. Se fosse stata più attenta avrebbe potuto evitare o almeno rendere più difficile quel rapimento che di certo stava preoccupando suo padre da morire. Per la prima volta provò una grande paura.

***

In silenzio, Douglas si aggirava nella stanza di Veronica, sperando in un'illuminazione, qualcosa che gli avrebbe dato un punto di partenza. Proprio come lui, il suo amico poliziotto era preoccupato per la reazione dei criminali. Sembravano essere più tesi riguardo quel rapimento che già durava da giorni, ed era qualcosa che sapevano avrebbe potuto incasinare la mente di criminali impreparati. Non importava quanto stesse attento alle parole dei rapitori, non otteneva niente di utile, nessun suono differente che potesse aiutarlo a sapere se si trovavano in un luogo residenziale con rumori di auto o lontani dalla città. Niente che potesse aiutarlo. Neanche il tono dell'uomo serviva a qualcosa. L'unica cosa che sapeva era che avevano cambiato i loro piani, niente altro.

Guardò il blocco per appunti sulla scrivania, lo prese e lo aprì a una pagina a caso. Aveva già guardato quelle pagine, ma aveva bisogno di tenere la mente occupata con qualcosa, o se ne sarebbe andato in giro per la città a cercare indizi in qualunque buco fosse riuscito a trovare .

Dopo pranzo, scelse di raggiungere il padre di Veronica per fargli compagnia e fu in grado di scoprire qualcosa sui progetti di lei. Un'estensione della linea telefonica nota ai criminali era stata portata fino all'azienda, anche se si aspettavano che sarebbero stati contattati in serata. In questo modo, il signor Braz poteva tornare a lavorare fingendo che tutto fosse normale e lasciar detto che Veronica era andata a cercare sovvenzioni per la fondazione.

Diversamente da loro, lo zio di Veronica non poteva assentarsi dalla casa. Henrique avrebbe potuto trovarlo e scoprire quello che sapevano Douglas e il signor Braz sul caso. Il capo della banda non era tornato alla sua abitazione temporanea in città e non aveva lasciato alcuna traccia che potesse essere loro d'aiuto. Douglas aveva studiato tutto di quel criminale, ma era stato abile nel progettare il rapimento e aveva eliminato ogni indizio che avrebbe potuto portarlo da lui. Avrebbero dovuto concludere le negoziazioni secondo le sue richieste perché non avevano alcun vantaggio e non volevano mettere la vita di Veronica in pericolo.

Il giorno passò senza novità, né in azienda né alla villa. Mentre cercavano di mettere assieme la cifra richiesta dalla banda, Douglas ricordava la bellissima donna. Quale sarebbe stata la sua reazione quando se la sarebbe trovata davanti, così bella e finalmente al sicuro? Non riusciva a raffigurarsi quel momento nella mente. Stavano succedendo molte cose, e il suo primo pensiero era riportarla a casa viva e vegeta per completare un altro lavoro che di certo gli avrebbe fatto fare bella figura. Niente altro aveva importanza, neanche sapere se avrebbe mai visto quegli occhi luminosi guardarlo come facevano dalle foto. Voleva solo assicurarsi che lei stesse bene.

Al suo ritorno, discussero informalmente della situazione ed estrassero dal vecchio zio della ragazza tutte le informazioni possibili sul suo nipote criminale. A Douglas era chiaro che l'uomo fosse stato persuaso a partecipare a quel crimine, ma in un modo o nell'altro avrebbe dovuto pagare, anche se questo non era importante al momento.

***

Veronica guardò triste i libri attorno a lei. Le piaceva leggere e quindi quando li aveva visti aveva creduto che l'avrebbero aiutata a passare il tempo, ma era troppo agitata per concentrarsi su qualunque cosa. Si sentiva stanca e svogliata a causa dello stress che stava iniziando a crescere in lei. La sua preoccupazione maggiore era suo padre. Come avrebbe reagito a quello che stava accadendo? Avrebbe avuto dei professionisti per aiutarlo a risolvere il problema? Lo sperava, e sperava che presto avrebbe potuto tornare alla sua vita normale, o almeno quasi normale.

Abbattuta, si stese sul letto ad ascoltare i versi degli animali e guardare le stelle attraverso la finestra con le sbarre finché il sonno non giunse e abbandonò i suoi pensieri.

CAPITOLO 7

Iniziò un altro giorno e parve essere simile ai precedenti, tutto sempre uguale. Non avevano ottenuto quasi nulla. Tutti i tentativi fatti da Douglas per trovare un punto di partenza per agire erano stati abbandonati. La cosa migliore sarebbe stata negoziare direttamente con i criminali senza azzardare altri tentativi e riportare indietro la giovane donna. La sensazione di avere le mani legate lo stava rendendo nervoso.

***

Veronica andò alla finestra e si guardò attorno. Un'ampia foresta si vedeva in lontananza. *Dove sono?*, si chiese. Sembrava un luogo molto isolato. Per lunghi istanti rimase a guardare il verde, sentendo l'aria fresca entrarle nei polmoni. Era rigenerante. Avrebbero presto risolto quella situazione. Aveva solo bisogno di restare forte e calma, presto sarebbe stata di nuovo al fianco di suo padre.

Per tutta la vita era stata pacifica. Dopo essere stata abbandonata da sua madre, aveva avuto bisogno di essere matura e forte per non pesare troppo su suo padre. Quella maturità precoce la stava aiutando a restare calma, anche mentre la sua angoscia continuava a crescere. Era lì da giorni e la sua forza non era più la stessa. La sua più grande preoccupazione erano suo padre e uno dei criminali, anche se non sapeva perché questo la impensierisse tanto. Diversamente dall'altro, quello era più esplosivo e malevolo, e la guardava con sguardo famelico. Avrebbe dovuto mantenere le distanze da lui e non fare niente che potesse attrarre ancora di più la sua attenzione verso di lei. Aveva bisogno di tenere la mente occupata e sgombra da pensieri negativi, che non l'avrebbero aiutata al momento. Certa della necessità di restare calma, prese un libro, Era un'opera di Paulo Coelho, proprio quello che le serviva per passare il tempo. *Di chi saranno questi libri?*, si chiese, dato che i due criminali non le davano l'idea di essere interessati alla lettura. *Il capo sarà il proprietario di questo posto?* Un brivido le corse lungo la schiena e si sedette sulla sedia, lasciandosi trasportare dalla storia di Mary.

Leggere la aiutò davvero molto. Si rese conto di che ore fossero solo quando il rapitore meno scortese andò a portarle da mangiare.

«Vedo che hai trovato un modo per passare il tempo!»

Quell'uomo non sembrava essere il peggiore dei cattivi e lo ringraziò in silenzio per quello.

«È un ottimo modo per farlo».

Lui si avvicinò e poggiò il vassoio sul tavolo.

«Lo so. Peccato che non abbia la pazienza per leggere».

Non lo guardò dritto negli occhi, non sarebbe stato carino e avrebbe potuto fargli pensare che lo stava sfidando, ma gli diede una rapida occhiata. Anche se indossava una maschera, aveva uno sguardo molto più affidabile di quello dell'altro uomo.

«A volte non neppure io ho la pazienza e mi permetto di fare una pausa così da poter ricominciare a leggere dopo», commentò d'istinto.

«Lo so, ma deve piacerti o anche se hai la pazienza o il tempo non riesci a dedicarti a leggere qualcosa», concluse lui, e finì di sistemare il cibo sul tavolo.

«È vero».

Non intendeva discutere con lui. Se diceva che era così, la sua opinione avrebbe prevalso.

«Puoi mangiare. Dopo tornerò a prendere i piatti».

«Grazie», gli rispose.

L'uomo se ne andò in fretta e lei fu più che sollevata per il fatto che fosse andato lì lui e non l'altro.

Anche se non era il migliore dei pasti che avesse mai fatto, non era nella posizione per chiedere di meglio. Qualunque cosa potesse mangiare era un bonus. Mangiò in fretta per poter tornare a leggere, cosa che aveva un effetto molto positivo su di lei.

CAPITOLO 8

Quel giorno, Douglas non era molto convinto che sarebbero stati contattati. I rapitori sapevano che raccogliere i soldi avrebbe richiesto più di ventiquattr'ore, ma sarebbe stato un bene se li avessero chiamati comunque. Avrebbe potuto trovare qualche indizio nella telefonata.

Soddisfacendo le sue aspettative, e non la sua esperienza, telefonarono dopo le nove di sera. Douglas trovò strana la chiamata e si sedette accanto al preoccupato padre di Veronica.

«Pronto!» disse l'uomo.

«Sei solo? Chi ti sta aiutando ora?» Il criminale sembrava sospettoso e aggressivo. «E non mentirmi, perché so che c'è qualcuno che ti sta guidando, vecchio».

L'uomo guardò Douglas spaventato, non sapeva cosa avrebbe dovuto dire. Di certo pensavano che suo cognato fosse lì. Henrique probabilmente lo aveva cercato. Douglas gli scrisse su un foglio cosa dire.

«Se sapete tanto su di me e la mia famiglia dovreste sapere che sono malato e ho bisogno di cure. Sono dovuto andare dal dottore perché il mio cuore non sta bene e ho chiesto a uno dei miei nipoti di accompagnarmi. Ho problemi di salute e mi servirà il suo supporto. Spero che capirete». La voce debole mostrava tutta la tensione che si era impossessata del pover uomo.

«Un nipote? Non giocare con me, amico mio. Non sono disposto a essere ingannato e potrei anche uccidere tua figlia proprio qui e ora», minacciò l'uomo in tono freddo.

«La prego! Non obietto a niente di quello che mi avete chiesto. Ho già raccolto buona parte del denaro. Sapete che non è facile mettere assieme una somma del genere senza poter dire per cosa serve. Mio nipote è l'unica persona che sa del nostro accordo e non ce ne saranno altre, glielo assicuro. L'unica cosa che voglio è riavere mia figlia».

Douglas gli fece un cenno affermativo con la testa perché continuasse con quel tono sofferto di voce.

«Voglio parlare con tuo nipote», ordinò il criminale.

«Per favore! Ho bisogno di parlare con mia figlia e sentire la sua voce», chiese il padre di Veronica.

«Passagli il telefono e basta».

Douglas prese il telefono e passò l'estensione al signor Braz perché potesse ascoltare quello che avrebbero detto. Intanto sentì il criminale dare ordine di andare a prendere Veronica.

«Chi sei, amico?» chiese l'uomo.

«Sono il nipote del padre di Veronica, che è con voi», rispose Douglas naturalmente.

«Cosa fai per vivere?» L'uomo era molto sospettoso e Douglas sapeva che questo non li avrebbe aiutati affatto.

«Sono un professore di letteratura in una scuola pubblica qui a Rio Verde. Sono qui perché mio zio non è nella posizione di fare niente da solo. Ha bisogno di qualcuno che lo aiuti a mantenere le cose normali qui e in azienda senza attrarre l'attenzione di occhi curiosi, capisce?» Douglas sentì un rumore dall'altra parte che assomigliava a dei passi sul legno.

«Spero sia tutto qui, fratello. Perché potrei pure ucciderla e conservare un proiettile per te. Portala più vicino!»

Douglas sentì del movimento e fu lieto di sapere che lei era lì.

«Come ti chiami?» gli chiese l'uomo.

Guardò il padre di Veronica in cerca di un nome familiare e lui gliene diede subito uno.

«Eduardo», si affrettò a dire.

«Hai un cugino di primo grado che si chiama Eduardo da parte di tuo padre?» Lo sentirono chiedere a Veronica, e Douglas pensò che fosse interessante che le avessero chiesto se era da parte di padre. Erano davvero molto ben informati.

«Certo», rispose lei sicura, e il suono della sua voce diede sollievo a Douglas, che non riuscì a nascondere un piccolo sospiro.

«Posso parlare con lei?» volle sapere.

«Pronto!»

Sarebbe stata la prima volta che comunicavano, e non era certo di quale sarebbe stata la sua reazione per il fatto che non le era familiare. Si aspettava che si sarebbe comportata normalmente.

«Stai bene, Veronica?» chiese con una gioia che non riusciva a spiegare.

«Sì, Eduardo, sto bene. Di' a mio padre di non preoccuparsi e continuare con le negoziazioni, io sto bene», rispose lei in modo apparentemente calmo.

«Veronica!» continuò Douglas respirando per calmarsi. «Fai tutto quello che ti chiedono, capito?! Sii obbediente e non discutere mai con loro. Sei molto importante per tuo padre e lui vuole riaverti indietro. Hai valore per quelle persone, quindi collabora e tutto finirà bene». Douglas fu sollevato per quella possibilità di darle istruzioni in modo che potesse aiutare a ottenere un finale positivo per quel rapimento.

«Lo farò, cugino».

Poi sentì un rumore al telefono.

«Avete visto che la ragazza sta bene e viene trattata bene, ora fate la vostra parte. L'unica cosa che vogliamo noi sono i soldi e voi volete la ragazza, quindi facciamo in modo che questa negoziazione vada nel verso migliore possibile, capito? Ormai dovreste sapere che questo è un normale rapimento e non le faremo del male a meno che non facciate qualcosa di sbagliato», disse rude l'uomo.

«Sì, lo capiamo e prepareremo quello che avete chiesto in tempo», disse il detective.

«Parleremo di nuovo più avanti». Senza attendere una risposta, il criminale riattaccò.

«Pensa che potranno essere seccati per il fatto che c'è una persona in più qui?» chiese il padre di Veronica, preoccupato.

«Non credo. La loro intenzione era scoprire se suo zio fosse qui, ma è chiaro che avessero già immaginato che c'era qualcun altro coinvolto, ed è naturale. Se foste stato da solo, il rapimento avrebbe potuto andare più per le lunghe di quanto non desiderino».

«Credi che il nipote di Armando l'abbia rintracciato?» domandò lui in tono serio.

«Assolutamente sì. Potrebbe essersi pentito di aver lasciato libero suo zio ed essersi messo a cercarlo, ma supponiamo che se lo sia già dimenticato, sarà meglio», gli rispose per alleggerire la tensione.

«Grazie dell'aiuto per aver parlato ai criminali e dato istruzioni a mia figlia».

Douglas provava comprensione per quell'uomo.

«Faremo tutto quello che possiamo per aiutare nel miglior modo possibile, e riporteremo sua figlia a casa viva e vegeta».

«È la cosa che desidero di più», disse l'uomo anziano, un po' meno scosso.

«Vado di sopra. Se le serve qualcosa o ricorda qualcosa che ritiene possa essere importante per aiutarci, mi cerchi, signor Braz».

«Grazie».

Andarono ognuno nella propria stanza nel tentativo di riposarsi in attesa del giorno successivo.

Douglas si sdraiò sul letto e fissò il soffitto. Quel caso non era diverso da molti altri con cui sia lui sia i suoi colleghi avevano avuto a che fare, eppure si sentiva insicuro. Non sapevano mai per certo come sarebbe andato a finire un rapimento, che il più delle volte era causato solo da interessi finanziari. Ma gli eventi erano contraddittori.

Istintivamente, ripensò alla conversazione che aveva avuto con Veronica. Di norma era un bene per lui avere una prova che la vittima era viva e stava bene, ma in quel momento, quando aveva sentito quella dolce voce entrargli nelle orecchie, un misto di adrenalina e apprensione si era impadronito di lui. La donna era calma, cosa che lo aveva reso molto fiero di lei, soprattutto quando gli aveva dimostrato di essere più preoccupata per suo padre che per sé stessa. Sorrise e si girò dall'altro lato, sperando che il sonno sarebbe giunto presto.

***

Dopo essere stata riportata nella sua stanza, Veronica era più sollevata ma anche intrigata. Suo padre non avrebbe confidato una faccenda del genere a un lontano parente. L'unico cugino che ricordasse con quel nome non faceva loro visita da anni. Probabilmente si trattava di qualcuno che suo padre aveva assunto perché lo aiutasse. Sarebbe stato un bene, avrebbe avuto una persona a guidarlo e tenergli compagnia. La voce salda e sicura dell'uomo l'aveva rassicurata che tutto sarebbe andato bene. Non che non avesse avuto fede, ma una rassicurazione aggiuntiva era sempre la benvenuta in una situazione come quella.

Che la soluzione di questo tormento inizi ora, si augurò col pensiero. Anche se era una donna tranquilla, era certa che qualunque essere umano sarebbe stato scosso in quella situazione. Si sentì più sicura e si appoggiò alla ringhiera a guardare la notte silenziosa.

***

Douglas prese la registrazione delle due conversazioni che avevano fatto con i fuorilegge e se le portò nel suo posto speciale per ascoltarle. Non appena arrivò e si sistemò sotto l'albero, accese il registratore.

I pochi suoni che erano passati inosservati erano ora più evidenti e indicavano un maggiore movimento. Al primo contatto erano qualcosa di più civilizzato, se ne era accorto dopo aver ascoltato più attentamente e per la decima volta. C'erano i rumori di un quartiere sullo sfondo, si riusciva a sentire il clacson di un'auto che, anche se sembrava distante, era un segno di civiltà. Nella seconda chiamata non c'erano movimenti simili e i suoni erano diversi. Ora non c'erano più rumori in sottofondo, sembrava che col calare della notte scendesse il silenzio su quel posto. *Potrebbero essere in campagna ma dove, visto che c'è così tanta terra nello stato che viene usata per le coltivazioni? In che modo possono essere utili questi indizi?* pensò dopo aver ascoltato le registrazioni diverse volte di fila.

Prese le sue cose, si alzò e tornò dentro. Era già tardi e non lo avrebbe aiutato ricontrollare le informazioni in quel momento. Il giorno dopo, a mente fresca, la sua attenzione per i dettagli sarebbe stata migliore.

Tornato in stanza gli ci volle comunque un po' per addormentarsi. Era consapevole che avrebbe avuto più successo il giorno dopo rispetto a tutti quelli precedenti.

La voce di Veronica era nella sua mente, in profondità come i suoi occhi quando aveva guardato le sue foto. Avevano parlato solo per pochi secondi ma era sembrata un'eternità. La dolcezza della sua voce mentre lo chiamava con il suo finto nome. La sua tranquillità lo aveva reso molto contento. Era una donna forte, e la sua dolce voce vellutata aveva nascosto bene le sue emozioni. Se non fosse stato per la necessità di parlare meno possibile, le avrebbe chiesto se stava mangiando bene, se non la stavano torturando psicologicamente o fisicamente. Anche se era quasi certo di no, glielo avrebbe comunque chiesto solo per poter sentire ancora un po' quel dolce suono.

***

Veronica si addormentò col libro tra le mani. Quel giorno le sue speranze erano state rinnovate grazie alla lettura e alle parole di suo cugino Eduardo, che di certo non era suo cugino e probabilmente neppure Eduardo.

CAPITOLO 9

Il giorno successivo era quello in cui il padre di Veronica avrebbe dovuto avere i soldi, ma Douglas e il suo amico poliziotto pensavano che sarebbe stato meglio se avesse chiesto un po' più di tempo. Quando avrebbero chiamato, avrebbe dovuto dire loro che stava aspettando la banca. Dopo una lunga conversazione con lo zio di Veronica, che era l'unico ad avere informazioni su suo nipote, erano riusciti a ottenere il suo nome completo e potevano lavorare alla possibilità che avesse una fattoria, una proprietà rurale a suo nome, e se fosse stato confermato avrebbero potuto essere pronti a risolvere il rapimento. Dopo aver discusso il passo successivo, Douglas e il poliziotto iniziarono a cercare informazioni in merito all'ufficio del catasto.

Quando ricevettero la chiamata, Douglas aveva già istruito il signor Braz. La loro ricerca non aveva ancora avuto risultati e avevano bisogno di più tempo.

«Hai i miei soldi?» fu la prima domanda che pose il criminale.

«Sono riuscito a raccoglierne buona parte, ma è stato difficile. Come ho detto è una grossa somma di denaro che non ho disponibile in contanti, ma credo che entro domani pomeriggio ce la farò. Ne ho avuto una parte da amici e la banca mi ha garantito il resto. E vendere delle proprietà richiederebbe troppo tempo. Per quello ci serve un po' più di tempo», disse il signor Braz con più sicurezza che nei giorni precedenti.

«Come puoi non averli? Tua figlia non è importante per te? Ti aspetti che te la riporti senza essere pagato? Posso farlo, ma non userai mai più i tuoi soldi per lei, tranne che per pagare il funerale e una bella lapide di marmo per la sua tomba», disse l'uomo in tono aggressivo.

«Sto facendo del mio meglio e li otterrò. Dipendo da altri, se no li avrei già trasferiti, dovete capirmi. Io e mio nipote stiamo facendo del nostro meglio».

«Da' il telefono a tuo nipote, vecchio. Non voglio più parlare con te», ordinò il criminale.

«Sono qui», disse Douglas prendendo l'apparecchio dalle mani tremanti dell'uomo.

«Che succede, socio? Non sei lì per aiutare ad accelerare le cose? Dove sono i nostri soldi?»

Douglas notò un forte stress nella voce dell'uomo.

«Come ha detto mio zio, è una somma difficile da ottenere in breve tempo. È complicato negoziare con le banche senza dover affrontare della burocrazia».

«Non prendermi in giro, bello. Potrei diventare nervoso e non volere più i soldi, capito?», rispose il criminale.

«Sì, ve li daremo. Vi chiediamo solo di capire che stiamo facendo tutto il possibile per risolvere il più velocemente che possiamo».

Il poliziotto, che stava ascoltando tutto, era pensieroso.

«Allora fate l'impossibile», ordinò il criminale prima di riattaccare.

«Dobbiamo assolutamente risolvere questa cosa domani. O scopriamo dove la tengono prigioniera o avremo un posto in cui effettuare lo scambio senza le garanzie che stiamo cercando. Non c'è altro tempo per negoziare, si sono seccati».

Douglas concordò annuendo.

«Signor Braz, prepari il denaro e lo tenga a portata di mano in caso sia la nostra ultima opzione».

Anche se non concordava con il tentativo di risolvere la cosa senza effettuare lo scambio, l'uomo accettò quello che gli veniva chiesto.

«Voglio pagare il riscatto e riavere mia figlia. Non accetterò più di mettere in pericolo la sua vita», disse in tono serio.

«Non stiamo evitando di pagare il riscatto, signor Braz. Stiamo cercando degli indizi che possano aiutarci perché non vogliamo avere le mani legate senza sapere cosa intendono realmente fare. Non possiamo fidarci solo delle loro parole».

Douglas era stato onesto nell'esprimere la sua posizione. Odiava dover essere alla mercé dei criminali. In molti dei suoi casi era riuscito assieme al suo amico a scoprire dove la vittima veniva tenuta prigioniera, o chi fosse responsabile del rapimento, prima che fosse finita, ma stava iniziando a credere che avrebbe dovuto arrendersi, anche se qualcosa lo spingeva ad agire.

***

Veronica stava leggendo il suo libro quando il rapitore entrò.

«Ho appena parlato con tuo cugino, carina. Mi stanno facendo innervosire, sai? E questo potrebbe essere pericoloso per te». Allungò una mano e le toccò la spalla con fermezza. «Se non risolvono la cosa entro domani, non c'è nient'altro che possa fare». La sua mano sporca le scivolò giù per il braccio, cosa che le causò enorme disgusto.

«Che stai facendo?», chiese l'altro uomo dalla porta.

«Stavo parlando con la ragazza». Si allontanò un po' da lei.

«Andiamo. Dobbiamo parlare».

Non appena se ne furono andati, Veronica li sentì discutere. Probabilmente l'altro uomo stava criticando il comportamento del suo complice. *Non va affatto bene*, pensò. Dei conflitti tra loro avrebbero potuto causare seri danni, soprattutto dato che era lei la causa. Questo avrebbe potuto rendere il cattivo ancora più nervoso e aggressivo nei suoi confronti.

Leggere non era nei suoi piani, la sua mente aveva bisogno di un altro tipo di sollievo che giungesse da qualcosa di più elevato. Sedendosi sul letto, si mise a pregare.

Il silenzio della notte le sembrava ancora più profondo. Non c'era più nessuno dei rumori di prima. Tutto era troppo silenzioso, o si era abituata a quel posto. Quel silenzio la infastidiva come non aveva mai fatto prima. Ogni piccolo suono che sentiva la faceva agitare e un flusso di pensieri le inondava la mente, inquietandola e a volte spaventandola. Non ricordava di essersi mai sentita come in quel momento nel corso della sua vita. Anche per una persona sicura come lei questo lasciava il segno, soprattutto perché vedeva che uno dei criminali non sembrava preparato ad affrontare l'adrenalina che la situazione avrebbe generato in tutte le persone coinvolte. Quella era una delle sue principali preoccupazioni, e sapeva bene quale comportamento le persone impreparate potessero avere quando affrontavano qualcosa che pesava molto sulla loro psiche. Avrebbe provato a resistere, cosa che di certo avrebbe aiutato molto, anche se stava già iniziando a sentire gli effetti di quel brutto momento, che le rendevano impossibile pensare razionalmente.

Lo stress di quello che era successo quel giorno assieme al fatto che non c'era niente che potesse fare a riguardo non le permise di dormire bene. A volte si svegliava spaventata, con l'impressione che qualcuno la stesse guardando, o che presto avrebbero potuto andare a chiamarla a tarda notte per cambiare di nuovo il posto in cui veniva tenuta prigioniera. La sua tensione si allentò solo dopo aver visto l'alba di un nuovo giorno attraverso le fessure della finestra chiusa. *Inizia un altro giorno e sono ancora in questo posto*, pensò, guardandosi attorno. *Potrebbe essere l'ultimo, o andarci vicino*, sperò.

***

Douglas era in piedi molto presto. La sua serata non era stata affatto piacevole. Aveva avuto alcuni momenti di insonnia e degli incubi. Era passato molto tempo da quando non aveva sognato come la notte precedente. Gli era successo solo quando stava seguendo il caso di un uomo che aveva perso la vita quando tutto era sembrato risolto. *Non succederà questa volta*, si ripromise.

Aveva bisogno di gestire il problema del catasto e tutto quello che avrebbe potuto dare loro un punto di partenza per risolvere il caso del rapimento. Dato che non era ancora l'orario di apertura dell'ufficio pubblico, approfittò del fatto di essere già sveglio per fare una breve passeggiata attorno alla casa. Quando rientrò, chiamò il suo amico per organizzare l'incontro in modo da poter andare in cerca di qualche informazione.

La sua speranza era trovare una fattoria o un ranch a nome del capo della banda. Se questo fosse successo sarebbero stati un passo avanti rispetto ai malviventi e avrebbero potuto salvare Veronica. Anche se suo padre avrebbe preferito pagare il riscatto perché credeva che sua figlia sarebbe stata più al sicuro in quel modo, Douglas sapeva bene che non c'era alcuna garanzia che sarebbe stata restituita viva. Anche se nella maggioranza dei casi era così, non potevano fidarsi delle buone intenzioni dei cattivi e lasciar decidere a loro cosa fare. Il fatto che fosse coinvolto il cugino non dava loro alcuna garanzia. A quell'uomo poteva non dispiacere essere un po' più coinvolto e quindi scegliere di sbarazzarsi di Veronica, o avrebbe fatto come aveva detto a suo padre e, non appena avesse ricevuto i soldi, avrebbe lasciato il paese, lasciandola viva, dato che il suo scopo principale era stato raggiunto. Erano due forti possibilità e Douglas doveva tenere presenti entrambe per non correre alcun rischio.

Le informazioni che cercavano non furono facili da ottenere come avevano pensato. La difficoltà di accedere ai dati e la burocrazia erano enormi. Se Douglas fosse stato solo avrebbe faticato anche di più, ma il suo amico gli era stato di grande aiuto e si sarebbe ricordato di ringraziarlo di nuovo in futuro. Anche se sapeva che il peggio doveva ancora venire, per il momento avevano trovato un indizio che li avrebbe portati dove voleva.

Mentre aspettavano, Douglas si allontanò per pensare al passo successivo. Se fosse stato abbastanza fortunato ci sarebbe stato un documento che li avrebbe portati a una proprietà del capo della banda. Era probabile che fosse il luogo dove Veronica veniva tenuta prigioniera. Ma avevano bisogno di essere molto attenti nel loro approccio, non sapevano molto della reazione che i criminali avrebbero potuto avere. Avrebbero continuato ad aspettare il momento opportuno, per non dire che il fatto che fosse una proprietà rurale avrebbe reso le cose più difficili. Qualunque rumore fuori dall'ordinario avrebbe attratto la loro attenzione. Avrebbe portato un piccolo gruppo di uomini, perché non sembrava si trattasse di una banda numerosa, come aveva detto loro lo zio di Veronica. Avrebbe comunque tenuto altro personale di scorta in caso avessero avuto bisogno di supporto quando Veronica fosse stata al sicuro. Veronica. Quel nome lo inquietava in più di un modo

***

L'odore del caffè riportò Veronica alla realtà. Aveva scelto di usare il suo tempo e la sua mente per leggere in modo da non permettersi di avere pensieri negativi. Mentre era coinvolta da qualcosa che la teneva occupata poteva forse dimenticare il tormento che stava vivendo.

Pochi minuti dopo, sentì dei passi e il malvivente che aveva imparato a odiare entrò nella stanza.

«Il tuo caffè, principessa».

Notò con discrezione il solito sguardo cinico sotto la maschera.

«Grazie».

Chiuse il libro e attese che l'uomo se ne andasse. Quegli non disse nulla e se ne andò lasciandola con un misto di dubbio e paura. Il modo in cui la guardava era inquietante. La preoccupava più del fatto di essere stata rapita. Ogni volta che le si avvicinava, sentiva un pericolo sempre maggiore circondarla. I suoi istinti erano in allerta in sua presenza. Era ben conscia del fatto che in molti casi gli ostaggi erano soggetti ad abusi fisici che potevano lasciare il segno sulla vittima anche più della circostanza stessa in cui si trovava. Non avrebbe voluto portarsi dietro qualcosa del genere nella vita.

«Papà! Sono pronta a tornare a casa», disse alzando gli occhi verso il soffitto come se stesse parlando a un essere superiore. «Non lasciare che resti qui ancora a lungo». Quando ebbe terminato la sua richiesta, andò a bere il caffè.

Dopo aver finito la colazione, si sedette alla finestra e iniziò a osservare. Il cielo era coperto, con molte nuvole a indicare che più tardi avrebbe potuto piovere. Il vento freddo entrava dalla finestra, riusciva a sentirlo. Se non fosse stato per la situazione, avrebbe potuto perfino piacerle quel posto. La natura era generosa e tutto lì era in armonia, tranne lei. Gli uccelli cantavano felici annunciando la loro libertà di volare ancora per un altro giorno, ma lei era tenuta in gabbia, circondata da esseri ambiziosi e senza scrupoli che di certo erano disposti a fare qualunque cosa pur di ottenere una certa quantità di denaro altrui.

L'angoscia iniziò a impossessarsi di lei. Le mancavano la sua routine, i progetti della sua fondazione, tutte le cose con cui era solita tenersi impegnata. Le mancava perfino la cosa di cui un tempo aveva preferito non parlare più: sua madre. Dove poteva trovarsi? Tornò indietro nel tempo e ricordò l'infanzia che aveva vissuto al suo fianco.

Valquíria era una donna con pochi amici, proprio come sua figlia. Viveva nel proprio mondo privato e a volte sembrava fredda con lei, ma Veronica preferiva credere che fosse solo fatta così e che in fondo fosse una brava persona dentro di sé, anche se a volte era molto infelice del modo in cui viveva con suo marito e sua figlia. Quando se ne era andata senza dire dove, tutto ciò che era rimasto a lei e suo padre era stata una lettera che aveva lasciato loro. Diceva di non poter più sopportare la vita da madre e casalinga che viveva solo per la sua famiglia, aspettando che suo marito tornasse a casa a lamentarsi dei problemi che aveva avuto in azienda, che all'epoca era ancora agli inizi e per cui la mancanza di esperienza stava causando problemi a lui e al suo socio, il prozio di Veronica. Sua madre non era riuscita ad attendere che la ditta fosse avviata e se ne era andata senza vederla diventare quello che era oggi.

Ricordando sua madre, giunse alla conclusione che loro due avevano molte meno cose in comune di quanto avesse pensato per un po'. Lei non avrebbe abbandonato casa sua senza preoccuparsi di nessuno. Non lo avrebbe mai fatto, perché nell'arco della sua vita aveva scoperto quanto fosse doloroso far parte di quelle statistiche familiari.

In alcune occasioni, suo padre era andato a trovare i parenti di sua madre in cerca di notizie, e avevano risposto di non sapere niente. Anni dopo, era stato detto loro che stava bene e che non chiedeva mai di loro nelle rare occasioni in cui prendeva contatto con sua sorella. Con quello, avevano smesso di preoccuparsi ed erano andati avanti con le loro vite, cercando di dimenticare chi non si ricordava più di loro.

Una sensazione di disagio iniziò ad avvolgerla e scelse di non continuare a pensare al passato. Quello che aveva importanza in quel momento erano il presente e suo padre, che di certo stava facendo tutto il possibile per riavere indietro sua figlia, diversamente da come era accaduto con sua moglie.

CAPITOLO 10

Douglas prese le informazioni, preoccupato. Doveva esserci qualcosa che potesse in qualche modo aiutarli a iniziare le ricerche di Veronica. Nell'aprire la busta, sorrise eccitato.

«C'è una proprietà rurale a nome di Henrique Luiz Faria Couto», disse al poliziotto guardando uno dei documenti che aveva tra le mani. «È più o meno a centocinquanta chilometri da qui in direzione di Caiapônia».

«Atteniamoci a questi dati allora», dichiarò Raul, deciso. «Se la sta tenendo lì, deve essere un pazzo».

Un sorriso dischiuse le labbra carnose di Douglas.

«Soprattutto perché deve sapere che suo zio ha già preso contatti con la famiglia. Sarebbe troppo facile per noi trovarli».

In caso la banda avesse commesso quell'errore, Douglas sarebbe stato loro molto grato, ma sapeva che sarebbe stato come vincere la lotteria, anche se ci avrebbe provato.

«Magari non pensavano che saremmo riusciti a ottenere questo tipo di informazioni. Potrebbero credere che l'unica cosa che suo padre voglia sia riavere sua figlia e che farà qualunque cosa gli chiedano Che sarebbe la cosa più corretta. È sappiamo che è anche il desiderio del padre», ricordò il detective.

«So che lo è, ma dobbiamo restare in guardia in caso cambino idea e decidano di fare qualcosa con lei».

Quelle parole entrarono nelle orecchie di Douglas e gli fecero venire la pelle d'oca.

«Non credo sia quello il loro piano, ma dobbiamo aspettarci qualunque cosa da questi criminali», rispose.

«Ne sei certo? Se è così, non c'è motivo di continuare le negoziazioni. Potremmo semplicemente pagare il riscatto e riavere la ragazza», disse il poliziotto.

«Credo sia quella la loro intenzione, ma se abbiamo la possibilità di salvarla viva e vegeta, preferirei non rischiare. Suo zio mi ha fatto un po' preoccupare quando ha parlato di suo nipote. Quel ragazzo non ha carattere e non mi sento a mio agio a fidarmi che una persona così tenga fede a una promessa. Inoltre, c'è qualcosa in questo rapimento che mi inquieta. Non so cosa sia, ma c'è del marcio».

«Tu e i tuoi sensi!», commentò il poliziotto, più sollevato nel vedere una scintilla negli occhi dell'amico. «E cos'è quell'altro documento?»

«Ho richiesto di controllare se vi fosse anche qualche altra proprietà a nome dello zio di Veronica. Dato che faceva parte della banda, magari hanno incluso una delle sue residenze nel piano di fuga».

«Sai che la cosa migliore da fare sarebbe risolvere questa cosa immediatamente facendo quello che chiedono i criminali, vero?» disse ancora il poliziotto, la cui intenzione era di pensare prima alla sicurezza della ragazza e poi all'arresto dei criminali.

«Sì, quelle sono sempre le indicazioni che do ai miei clienti, ma in questo caso voglio essere in grado di avere una seconda opzione».

«Forse sei troppo coinvolto in questo caso. Conoscevi già la vittima?»

Douglas guardò intrigato il suo amico.

«No! Perché me lo chiedi?» volle sapere.

«Non so, credo tu stia prendendo questa faccenda sul personale», rispose calmo Raul, ma i suoi occhi stavano guardandolo con attenzione.

«Vedi cose che non esistono, Raul. L'unica cosa che sto cercando di fare è seguire il mio intuito. Qualcosa mi dice che potrei aver bisogno di fare di più che limitarmi ad attendere gli ordini di qualche criminale. Non chiedermi come o perché, sto solo seguendo il mio istinto».

Era chiaro che provasse strani sentimenti per quella donna. I suoi occhi bellissimi ed espressivi gli facevano nascere qualcosa dentro, ma in nessun modo questo lo stava influenzando. Stava seguendo i suoi sensi e niente altro, e avrebbe continuato così.

«D'accordo, sai quello che stai facendo. Solo non lasciarti trasportare dalle emozioni e cerchiamo di risolvere questo caso nel miglior modo possibile, così tutto finirà bene», suggerì il suo amico.

«Già, è quello che farò. Grazie del consiglio».

Un leggero sorriso apparve sul volto accigliato di Douglas, redendo evidente che fosse in imbarazzo per il fatto che l'altro si fosse reso conto che c'era qualcos'altro a impensierirlo oltre al rapimento.

«Come intendi comportarti quando tutto sarà organizzato?» gli chiese Raul.

«Intendo trovare il posto e, mentre il signor Braz si sta recando lì per effettuare lo scambio, voglio stare di guardia nel luogo in cui è imprigionata per essere sicuro che restituiscano la ragazza viva. E in caso sia facile farlo e non metta a rischio la sua vita, intendo liberarla senza attendere la generosità del fuorilegge».

Raul conosceva Douglas da molto tempo e sapeva che non avrebbe preso alcuna decisione senza essere sicuro che fosse necessaria, eppure era preoccupato. Il suo collega sembrava avere una strana sensazione e questo non faceva piacere neppure a lui.

***

Per molto tempo, Veronica rimase a osservare l'esterno della casa attraverso le spesse sbarre. Quel vantaggio le dava la certezza di essere lontana dalla civiltà, altrimenti non le avrebbero permesso di guardare oltre le pareti. Inoltre era felice di avere la possibilità di distrarsi con qualcosa di diverso dalla sua paura e dall'incertezza che ne conseguiva. Tuttavia, sentirsi lontana da tutto la faceva preoccupare, considerato che sarebbe stato molto più facile per i malviventi liberarsi di lei proprio lì. *Quanto sarebbe bello se ora un angelo venisse a liberarmi*, pensò cercando di dissimulare la tensione che avvertiva nel petto.

La possibilità di vedere un angelo salvatore apparire attraverso la finestra la fece sorridere. Magari era quello il modo migliore per occuparsi del turbinio di emozioni che le vorticavano nella testa. Pensare positivo. Avrebbe cercato di pensare di più a cose piacevoli, anche se non si sarebbero mai realizzate.

***

Quando Douglas e il poliziotto arrivarono alla residenza, il padre di Veronica andò subito loro incontro. Con calma, anche lo zio si avvicinò, preoccupato.

«Qualche buona notizia?» volle sapere l'uomo.

«Sì, signor Braz, siamo stati informati che esiste una proprietà a nome di suo nipote».

Il gentiluomo guardò emozionato la busta che Douglas teneva nelle mani.

«Ho bisogno di parlare con lei!» disse il detective allo zio di Veronica.

«Cosa posso fare per aiutarla?» chiese l'uomo con un barlume di speranza negli occhi.

«Nella proprietà a suo nome risiede qualcuno?»

L'uomo non parve capire quello che gli stava chiedendo.

«Non ho immobili a mio nome. Non ho mai costruito nulla in vita mia», rispose in tono triste

«C'è una proprietà rurale intestata a lei. Ho i suoi dati, e ho richiesto il controllo anche a suo nome», asserì Douglas, dando una bella occhiata all'uomo davanti a sé.

«Non so di che proprietà si tratti. Non ho niente intestato a me».

«E i soldi che ha rubato al suo ex socio?» chiese Douglas, indicando Paul.

«All'epoca stavamo iniziando, non si trattava di una grossa cifra, e finì presto. L'unica cosa che resta a oggi sono la vergogna e il rimpianto».

Douglas era seccato per la scarsità di informazioni che l'uomo gli stava fornendo.

«Abbiamo bisogno della sua cooperazione. La vita di sua nipote potrebbe essere in pericolo in questo momento. Non c'è tempo per bugie e inganni. Ha già la sua parte di colpa in questo caso, quindi le consiglio di cooperare e questo le sarà di molto aiuto quando dovrà rispondere alla giustizia», disse in tono rude.

«Sto dicendo la verità, figliolo. Non ho mai voluto far del male a nessuno, per questo credo di essere stato estromesso dalla banda, o non so, magari hanno capito che ero troppo debole per andare fino in fondo, ma quello che sto dicendo è la pura verità». Il vecchio rimase in silenzio per qualche secondo. «Non ho mai comprato una fattoria in tutta la mia vita».

Sembrava convincente, ma Douglas aveva già visto molti mentitori comportarsi in quel modo.

«Quindi mi sta dicendo che non possiede quella fattoria?» Gli mostrò i documenti.

«No! Se è intestata a me, è stato fatto da qualcun altro. Non è mia».

Quelle ultime parole fecero accendere una lampadina nella mente di Douglas.

«Dovremo ispezionare entrambe le proprietà», disse al poliziotto.

«Chiamerò rinforzi e li separeremo in modo che un gruppo vada a ognuna delle fattorie e uno resti di guardia quando verrà effettuato il pagamento».

Douglas fissò ancora una volta lo zio di Veronica nella speranza di trovare una crepa nel suo comportamento, ma sul suo volto segnato non si vedeva altro che senso di colpa.

«Io andrò con i rinforzi alla proprietà intestata allo zio», concluse il detective.

«D'accordo», disse il poliziotto, e si alzò per iniziare a fare qualche telefonata.

«Spero lei non ci stia ingannando. La vita di sua nipote potrebbe di nuovo dipendere da lei», enfatizzò di nuovo Douglas.

«Voglio solo che si risolva tutto e che mia nipote torni a casa». Gli occhi dell'uomo si inumidirono e Douglas sperò che fosse vero.

«Signor Braz, dovrete consegnare il pacchetto senza di me, in caso lo richiedano prima che io sia tornato. Potrebbero chiamare in qualunque momento e chiedere che usciate immediatamente per andare nel luogo indicato. Non credo che anticiperanno per non correre il rischio di un'imboscata, quindi le chiedo di essere molto calmo e rimanere sicuro che riavrà sua figlia. Non si disperi né faccia niente che possa spaventarli. Uno dei miei uomini verrà con lei fingendo di essere me, ma la consegna verrà fatta da lei».

«Farò del mio meglio», rispose lui, cercando di sembrare più sicuro di quanto non lo fosse stato in quegli ultimi giorni.

«Buona fortuna a voi ragazzi. Io rimarrò qui a pregare che tutto vada per il meglio», disse lo zio più allegramente rispetto a prima, poi uscì dalla stanza e andò nella camera che era stata improvvisata per lui, senza alcun mezzo di comunicazione che potesse metterlo in contatto coi criminali. C'erano anche degli uomini attorno alla casa a sorvegliare ogni suo passo.

«La mia squadra è pronta per incontrarci al quartier generale e pianificare quello che faremo», li informò il poliziotto.

«Splendido! Vacci ora e io farò lo stesso. Dobbiamo stare molto attenti, potrebbero esserci dei membri della banda che sorvegliano la casa».

Il poliziotto salutò e se ne andò. Douglas diede qualche altra istruzione al padre di Veronica e uscì immediatamente. Non mancava altro che la conferma del criminale relativa al dove e quando.

Poco dopo, Douglas era alla stazione di polizia a organizzare la divisione degli uomini.

«Io e cinque uomini andremo lungo la road 452 fino alla fattoria intestata al cugino della vittima», spiegò il poliziotto, indicando uno schema che aveva fatto. «Gli altri undici verranno con te, Douglas; dato che lo zio della vittima dice di non possedere quella proprietà, suo nipote potrebbe aver usato lui così come ha fatto per il rapimento. Non mi fido del tutto di quello che ha detto, ma penso sia prudente avvicinarsi secondo questo schema», concluse pensieroso l'uomo.

«Qualcosa mi dice che stava dicendo la verità, ma come dici è meglio non fidarsi troppo», affermò il detective.

«Ce ne andremo a metà pomeriggio e così arriveremo al calare della notte, cosa che renderà più facile muoversi in giro per il posto. Dato che le due fattorie sono a distanze simili, partiremo da qui insieme».

Douglas annuì.

«I tuoi stanno aiutando il padre?» gli domandò il poliziotto.

«Sì, resteranno nella casa a dargli istruzioni in caso i criminali vogliano fissare lo scambio più tardi oggi stesso», rispose Douglas.

«E se volessero parlare con te?» chiese l'altro.

«Ho un ragazzo nella mia squadra che può fingere di essere me. Ha esperienza e si diverte a irritare le persone. Le nostre voci sono simili. Non avremo problemi per quello». Douglas si fidava della sua squadra e sapeva che tutto sarebbe andato liscio se avessero seguito il piano.

«Allora prepariamo il nostro approccio».

Raul si avvicinò al tavolo e indicò una mappa che aveva preparato.

«Noi useremo due auto e voi tre. Quando arriveremo faremo silenzio e non faremo notare di essere agenti di polizia. Entreremo nella proprietà e ci separeremo a gruppi di due in tutta la zona. Da quello che possiamo vedere dai satelliti, la fattoria dove andrò con il mio gruppo ha alcune case ravvicinate. Non è possibile sapere se ci viva qualcuno, so solo che esistono», spiegò, e passò a un'altra schermata.

«Dove stiamo andando noi ci sono due case separate. Il posto è in ordine ed è tutto quello che sappiamo per ora», spiegò Douglas, aprendo il suo portatile.

«L'ho notato anche io, ma la prima casa ha tracce di abitanti. Il capo della banda potrebbe aver allontanato la governante o quello che è per un po'. Abbastanza tempo per concludere le negoziazioni», disse il poliziotto.

«Hai ragione!» concordò Douglas. «Teniamoci pronti in caso ci siano altri civili lì», disse guardando lo schermo del suo computer. «Nel mio caso, vorrei che solo cinque uomini restassero vicini, il resto può dividersi nella proprietà. Non voglio che arrivi molta gente tutta assieme. Questo attrarrebbe troppa attenzione da parte di tutti e non ci sarebbe di molto aiuto».

Il poliziotto assentì. Sapeva che, avendone la possibilità, Douglas avrebbe chiesto loro di restare ad almeno cinquecento chilometri di distanza, perché gli lasciassero la libertà di lavorare, ma in quel caso specifico il suo amico aveva acconsentito a quella strategia accettando che la polizia stesse in posizione e si comportasse come era addestrata a fare allo scopo di mantenere la sicurezza pubblica a ogni costo.

«Ti porterai qualcuno dei tuoi uomini?» gli chiese.

«Tre di loro che lavoravano nella sicurezza privata saranno con noi. Due si divideranno tra i gruppi che abbiamo formato, e uno con me. Dato che sappiamo che la proprietà è più lontana dall'autostrada, possiamo distribuirci piuttosto bene, quindi non serviranno così tanti uomini».

Il poliziotto sorrise all'amico. Era per quello che aveva acconsentito così facilmente a far andare degli altri con lui.

«Lascerò la squadra ai tuoi ordini. Tutti devono seguire gli ordini del detective , senza eccezioni!» ordinò ai suoi subordinati.

«Grazie, Raul. Apprezzo davvero il tuo aiuto».

«Non preoccuparti, lo sto facendo per il bene della ragazza che potrebbe essere in pericolo, più che per te».

Sorrisero entrambi e si strinsero la mano, augurandosi buona fortuna a vicenda.

«Andiamo!» disse Douglas chiudendo il portatile e preparandosi a partire.

Si separarono e ognuno andò a organizzare la propria squadra per partire prima possibile.

CAPITOLO 11

Quello avrebbe potuto essere l'ultimo giorno a loro disposizione. Credendo che fosse quello il caso, Douglas organizzò le sue cose e si diresse lungo la road 060 verso la proprietà rurale che, secondo le informazioni del catasto, apparteneva allo zio di Veronica. Era ansioso di concludere quel capitolo ed essere in grado di andare avanti con i suoi piani. Avrebbe fatto la sua vacanza e poi sarebbe tornato alla sua routine una volta che si fosse dimenticato di quel caso. Quello era il suo più grande desiderio.

Lungo la strada, parlarono del loro approccio, e fu concordato che solo due uomini sarebbero rimasti con lui, un poliziotto e uno dei suoi. Gli altri si sarebbero posizionati in punti strategici, abbastanza vicini da aiutarli se fosse stato necessario.

***

Veronica si svegliò di soprassalto quando sentì dei passi sonori e frenetici dentro la casa. Stava succedendo qualcosa, sembravano affrettati e nervosi. Stavano progettando di spostarla nuovamente, o era un segno che il rapimento stava per finire? Qualunque opzione immaginasse la rendeva nervosa. Non era sicura di quello che stava per accadere, ma qualcosa sarebbe accaduto, e lei era la chiave di quell'evento.

Si alzò in fretta e si occupò della sua igiene personale. Voleva essere pronta per qualunque sarebbe stato il risultato di tutta quell'agitazione.

Mentre finiva quello che stava facendo, sentì uno dei malviventi parlare al telefono. Stava avendo una conversazione a voce molto bassa, probabilmente col suo capo. Riusciva a capirlo dal modo servile in cui parlava. Di qualunque cosa si trattasse , riusciva a sentire solo dei sussurri e niente altro, senza poter distinguere l'argomento. Poco tempo dopo, il rapitore meno scortese entrò nella stanza in cui si trovava.

«Se va tutto bene, concluderemo oggi l'accordo con tuo padre, signorina».

Veronica era apprensiva. Era tutto quello che voleva, ma non riuscì a evitare che un brivido le scorresse lungo la schiena.

«Giusto!» disse a bassa voce. «C'è qualcosa che devo fare?» Sarebbe stato meglio se avesse cooperato, ci sarebbero state maggiori probabilità che la riportassero da suo padre come concordato. Se volevano solo i soldi, di certo l'avrebbero fatto.

«Non devi fare altro che restare calma e collaborativa qualunque cosa ti chiediamo. Stai per tornare a casa. Tienilo a mente e tutto andrà bene».

Veronica concordò annuendo.

«Bevi il tuo caffè, è ancora presto. Probabilmente concluderemo l'affare in serata».

Guardò le scarpe dell'uomo. Non lo guardava quasi mai negli occhi per non creare problemi.

«Andrà tutto bene. Ricorda che l'unica cosa che vogliamo sono i soldi. Nessuno qui vuole che finisca male, quindi tu collabora e staremo tutti bene».

«Farò quello che è necessario», lo informò.

«Molto bene». L'uomo posò il vassoio sul comodino e se ne andò, lasciandola tremante e più nervosa di quanto avrebbe voluto essere.

Ho atteso questa occasione e ora mi sento come se mi mancasse l'aria. Non avevo immaginato che questo momento sarebbe stato così, pensò mentre si alzava per prendere la tazza fumante di latte che le era stata lasciata assieme a una fetta di torta, del pane tostato con della marmellata in un contenitore sigillato e del caffè. Mangiò tutto quello che le era stato portato e cercò un libro da leggere. La sua ignoranza di quello che sarebbe accaduto quella sera le lasciava un migliaio di dubbi nella testa. Avrebbe potuto accadere qualunque cosa dopo il pagamento, e non era una cosa piacevole a cui pensare.

Col passare delle ore, la tranquillità iniziò a tornare nella casa. Veronica sentì che mettevano delle cose da parte come se si stessero effettivamente preparando per partire. All'ora di pranzo sentì arrivare un'auto. Era normale che i malviventi prendessero il cibo da chissà dove, e con l'andirivieni si era abituata al rumore del motore della macchina. Quella che era appena arrivata non era l'auto che era abituata a sentire. *È il capo che è venuto a confermare i prossimi passi?*, si chiese incuriosita. Spinta dalla curiosità, cercò di guardare dalla finestra senza farsi notare, ma non riuscì a vedere nulla da lì. Sembrava avessero fatto attenzione a metterla in una stanza dalla quale non si potevano vedere altro che alberi.

Quello che colse di più la sua attenzione, oltre al non aver riconosciuto il rumore dell'auto, fu che non riusciva a sentire il minimo sussurro. Tutto era silenzioso, non si sentiva neppure la voce dei criminali che già conosceva. Di certo avevano dei grandi piani e lei ne faceva parte, ma non aveva modo di saperne nulla.

Quando si era stancata di cercare di sentire qualcosa, sentì di nuovo il rumore dell'auto. Chiunque fosse andato lì a portare informazioni se ne stava andando adesso. Di sicuro stavano organizzando l'incontro. Cercò di capire da dove arrivasse il suono, ma non ci riuscì. C'era molto vento fuori e la sua forza lo nascondeva.

Poco tempo dopo, uno dei criminali andò da lei portandole uno spuntino. Non appena quell'uomo sgradevole entrò, Veronica abbassò lo sguardo.

«TI ho portato uno spuntino, principessa. Non è stato possibile preparare il pranzo, oggi. Mangia, e sta' tranquilla che sta per finire tutto».

Veronica rimase in silenzio ad ascoltarlo senza muoversi.

«È un peccato perché stavi cominciando a piacermi. Mi mancherà quello che purtroppo non ho potuto avere».

Quelle parole le giunsero come un pugno nello stomaco. In qualunque altra situazione avrebbe lanciato qualcosa in testa a quel mostro che la stava guardando nel modo più abietto possibile.

Lui la fissò per qualche altro secondo mentre restava in silenzio e teneva la testa bassa e poi decise di andarsene. Era spaventata a morte.

«Uomo spregevole. Come è possibile che ci siano tante persone di questa natura che se ne vanno in giro come se fossero normali? A mettere a rischio le vite di altre persone? Lurido idiota!» sussurrò a bassa voce.

Ancora infastidita, mangiò il panino e bevve il succo di frutta che le aveva portato con una certa attenzione ma, non notando niente di strano, li finì.

Dopo il rapido spuntino, andò alla finestra come era abituata a fare ogni volta che si sentiva soffocare da qualcosa. C'era molto vento fuori e il rumore degli alberi che urtavano tra loro era aumentato, per non parlare del fischio del vento attraverso le fessure della finestra.

Il cielo sembrava stare per crollare. Era di un colore nero grigiastro, che indicava che una forte tempesta sarebbe arrivata da un momento all'altro. Si sentiva a disagio in quella situazione. La pioggia forte non le piaceva, specie quando si trovava in un posto che non conosceva, e senza alcuna garanzia di salvezza.

Anche se quella vista la preoccupava, c'era il lato positivo di riuscire a sentire l'aria pura e pulita che le entrava nei polmoni. La sensazione di essere accarezzata dal vento freddo era molto piacevole. Di rado aveva mai la possibilità di sentire l'odore e la vicinanza della pioggia come in quel momento. Con un sorriso sulle labbra, si appoggiò contro la finestra e rimase lì a godersi il piacere che era diventato la miglior conseguenza

di quel rapimento fino ad allora.

CAPITOLO 12

Douglas alzò lo sguardo verso il cielo sopra di lui. Si stava scurendo ed era chiaro che stesse per piovere. Un misto di gioia e preoccupazione lo colpì. Gioia perché in quelle condizioni sarebbe stato più difficile essere notati quando si sarebbero avvicinati. Preoccupazione perché la pioggia avrebbe potuto disturbare i loro piani e render loro difficile muoversi liberamente all'interno di quel posto. Sarebbe comunque stata più positiva, perché il forte suono del vento di notte avrebbe dovuto rendere difficile sentire qualunque cosa all'esterno dell'edificio. Di una cosa era sicuro: avrebbe fatto del suo meglio per salvare Veronica senza contare sulla gentilezza dei rapitori per quello.

Dopo aver osservato il cielo un altro po', si rivolse agli uomini che lo stavano accompagnando in auto.

«Come vedete ci sarà una tempesta nella direzione in cui stiamo andando. Voglio che teniate d'occhio tutto. Non rendete facile ai cattivi trovarci. Le nostre comunicazioni potrebbero interrompersi, quindi restiamo più vicini possibile, ma rispettando una certa distanza in modo da non mettere a rischio la vita della donna». Tutti annuirono per confermare. Dopo che le informazioni furono state trasmesse, tornarono a concentrarsi sul viaggio.

A volte Douglas fissava il nulla e immaginava il momento in cui avrebbe incontrato Veronica. Come sarebbe stata in quelle circostanze? Sperava che avrebbe reso le cose facili a tutti, soprattutto a lui.

Erano le tre del pomeriggio quando ricevette una telefonata dal poliziotto.

«Pronto, Raul! Sì, siamo diretti verso la nostra destinazione. La sola cosa a non essere andata secondo i piani è che pioverà molto, e sospetto che accadrà ancora prima che arriviamo lì».

«Stai molto attento, allora. Oltre a non sapere esattamente quanti di loro ce ne siano, la natura può rendervi una facile preda», lo avvertì il poliziotto. «Ti sei sentito con il padre della ragazza?»

«No, e non credo che organizzeranno l'incontro oggi visto il tempo. È una grande opportunità per noi. Credo che questa pioggia sarà di grande aiuto», rispose Douglas.

«Credo tu abbia ragione ma, come ho detto, state molto attenti. Non sappiamo cosa ci aspetta lì. Se avrai qualche altra informazione dalla sua famiglia, per favore fammelo sapere».

«Affare fatto!»

Spensero i telefoni e ognuno di loro si concentrò su quello che li attendeva.

La distanza dai luoghi in cui dovevano andare era praticamente la stessa, ma dato che il poliziotto era partito prima e stava andando in direzione opposta rispetto alla pioggia, probabilmente sarebbe arrivato prima della squadra di Douglas, e avrebbe avuto certezze sul fatto che Veronica fosse o meno alla loro destinazione. Per sicurezza, premette l'acceleratore. Voleva essere il più vicino possibile al collega, così avrebbero agito assieme senza alcuna possibilità di comunicazione tra i criminali se fossero stati strategicamente divisi tra i due posti.

Pochi chilometri più avanti, riuscì a vedere la pioggia che iniziava a cadere. Era leggera, ma i segni mostravano che sarebbe diventata più forte. Nessuno parlava tra i membri della squadra nell'auto che Douglas stava guidando. Tutti erano pronti per il grande momento.

***

La pioggia cadde con forza nel luogo in cui si trovava Veronica. Se non fosse stato per la veranda che si era resa conto coprisse parte della proprietà, avrebbe bagnato la finestra davanti a lei e le avrebbe impedito di osservarla. Guardare attraverso il vetro la aiutava ad allontanare la mente da tutti i pensieri negativi che cercavano di impossessarsi di lei.

Guardò fuori meravigliata. Il movimento avanti e indietro dei rami spinti dal vento. L'odore del terreno che veniva bagnato dalla pioggia. Quelle piccole cose erano così belle che riuscì davvero a sorridere per qualche istante. Aveva amato guardar cadere la pioggia fuori da casa sua quando era piccola, le era sempre piaciuto. Quando era diventata adulta aveva abbandonato quell'abitudine.

Per un po' rimase inginocchiata sul letto a guardare la bellezza della natura, ma a un certo punto divenne un po' più freddo e non fu più possibile vedere altro a parte la nebbia creata dal vento che sembrava voler avvolgere tutto attorno a lei. Ben presto dovette chiudere la finestra e tornare alla sua realtà di prigioniera. Riusciva solo a sentire i tanti suoni all'esterno, che erano diventati tristi e spiacevoli per lei.

Un po' di tempo dopo, sentì dei suoni che indicavano che qualcuno si stava avvicinando. Immediatamente, il meno disgustoso dei criminali entrò nella stanza.

«Vedo che il tempo ti ha costretta a chiudere la finestra», commentò calmo. «Sono venuto a dirti che a causa della tempesta non ti riconsegneremo oggi. Il tuo ritorno a casa avverrà domani».

Erano entrambi seccati da quella notizia.

«D'accordo. Fate come volete», rispose senza traccia della paura che provava quando era con l'altro uomo.

«Comportati come hai fatto finora e non ti succederà niente. Vogliamo solo i soldi, nient'altro», le consigliò un'altra volta. Stavolta lei annuì solamente, e ben presto si ritrovò di nuovo da sola.

«Oggi stesso avrei potuto essere a casa, ma questo scherzo del destino mi costringe a restare nelle mani di queste persone un giorno in più», sospirò, distesa sul letto, e infine accese il congegno che le avevano dato per ascoltare qualcosa di diverso dal suono della pioggia, che non era più attraente e calmante per lei.

***

Douglas Guardò l'orologio. Erano le sette di sera e sarebbero arrivati presto a destinazione. La fattoria era a circa quarantacinque chilometri dall'autostrada oltre una strada sterrata. Probabilmente ci sarebbe voluto più del previsto a raggiungerla. Avrebbero dovuto stare molto attenti a possibili buche e alberi caduti lungo il percorso, per non menzionare gli ingorghi che erano comuni su quel genere di strada. Sperava che non avrebbero incontrato troppi inconvenienti o avrebbero potuto arrivare troppo tardi al possibile luogo della prigionia. Di una cosa era certo: i criminali non avrebbero organizzato lo scambio in quelle circostanze, e doveva approfittarsi di quella situazione per agire.

Raul non si era fatto sentire ancora e non sapevano dove fosse davvero Veronica. L'unica certezza era che dovevano procedere, immediatamente.

CAPITOLO 13

La pioggia cadeva senza dar cenno di voler smettere quando Douglas notò la grande insegna con il nome della fattoria. Uscì dall'autostrada e si inoltrò in una ripida strada piena di buche fangose. A causa della scarsa visibilità e dei possibili pericoli, scelse di guidare a velocità ridotta, in modo da non correre grossi rischi nella tempesta.

Aveva percorso quindici chilometri quando gli suonò il telefono.

«Siamo appena arrivati in zona, a quanto pare non c'è nessuno qui. Effettueremo un'altra ispezione per confermare quello che pensiamo. Nel frattempo state attenti, ora le probabilità che lei sia lì sono più alte», disse il poliziotto.

«Andremo un po' più avanti. La strada è pessima a causa della pioggia. Non appena ci avviciniamo ti ricontatto», rispose Douglas.

«Affare fatto! Aspetterò, e per favore fai attenzione».

Douglas chiamò per radio l'altra auto dietro di lui e riferì che le probabilità che Veronica fosse lì erano aumentate e che tutti avrebbero dovuto essere pronti quando fossero arrivati. Una volta messi tutti al corrente, tornò a pensare alla strada e avanzò senza distogliere ulteriormente la sua attenzione.

***

Erano le otto quando il telefono a casa del padre di Veronica suonò.

«Abbiamo avuto un inconveniente, amico, e lo scambio non avverrà oggi. Ora passami tuo nipote, che è più sveglio. Voglio dare a lui le informazioni».

Con un'espressione stanca sul viso, l'uomo chiese a uno degli agenti della squadra di Douglas che erano rimasti con lui di aiutarlo. Il ragazzo si affrettò a scrivere quello che avrebbe dovuto dire.

«Non è qui adesso. Se ne è appena andato per prendermi delle medicine che devo assumere senza interruzione», disse la prima cosa che gli era venuta in mente in aggiunta a quello che era stato scritto. «Può dare le informazioni a me e le annoterò», disse.

«Beh, se non si può fare diversamente! Devi portare i seicentomila all'aeroporto domani sera alle dieci. Quando arriverai ti chiamerò e ti dirò dove trovarmi. Capito?» disse l'uomo in tono brusco.

«Sì, ho capito!» rispose Paul. «Avete il mio numero di cellulare?»

Si sentì una sonora risata dall'altra parte della linea.

«Certo che sì, vecchio. Credi che siamo dei dilettanti? Ora ricorda una cosa, se devi portare qualcuno con te deve essere solo tuo nipote. Se notiamo movimenti strani, lei muore. Non arrivare senza prima aver aperto il finestrino dell'auto, se è buio. Voglio essere sicuro che tu faccia la tua parte, vecchio».

«Farò tutto quello che dice». L'agente accanto a lui stava annuendo. «Ci saremo solo io e mio nipote lì. E la riconsegna di mia figlia?» chiese dopo aver letto il foglio che gli era stato mostrato.

«Non preoccuparti di lei, preoccupati solo di fare quello che ti dico e ti verrà riconsegnata, ma giusto perché tu non dica che sono troppo cattivo ti spiegherò che verrà riconsegnata in un altro punto della città. È un luogo affollato, e appena avremo la conferma che i nostri amici hanno i soldi la lasceremo andare», spiegò il criminale.

Il padre di Veronica stava per fare delle domande quando l'agente gli chiese di restare calmo e fare come gli veniva detto.

«Allora siamo d'accordo», concluse l'uomo, seccato, e un istante dopo la chiamata venne interrotta.

***

A qualche chilometro dalla destinazione, Douglas fu informato di quello che era successo a casa di Veronica e non rimase sorpreso dall'annullamento dello scambio. Ora tutto quello di cui aveva bisogno era la telefonata di Raul perché potessero avere certezza del vero luogo della prigionia.

Mentre metteva via il cellulare, un lampo squarciò il cielo, illuminando tutto attorno a lui. Con quella luce fu possibile vedere in lontananza una casa che doveva essere quella che avevano visto tramite il satellite. Un po' più avanti, il telefono suonò.

«Pronto, Raul!» rispose ansioso.

«Non abita nessuno qui, Douglas. Sembra ci sia stato qualcuno di recente, e se era la nostra ragazza devono averla portata da qualche altra parte. Abbiamo ispezionato l'interno e non abbiamo trovato nessuno».

Ora questo è l'unico indizio che ci resta, pensò Douglas.

«State attenti! Le probabilità sono più alte adesso», lo avvertì il poliziotto.

«Grazie, amico. Mi farò sentire presto».

Spense il telefono e procedettero. A quel punto era o la va o la spacca.

***

Veronica era agitata. Fuori la pioggia continuava a cadere, e dentro le cose sembravano farsi più tese. Tutto quello che voleva in quel momento era svegliarsi da quell'incubo e vedersi dentro la sua casa, accanto al padre che amava così tanto. Se non fosse stato per la sua solita positività, che aveva acquisito quando era una bambina, si sarebbe già arresa al pessimismo e alla tristezza. Tuttavia sapeva che questo non l'avrebbe aiutata, ma diventava sempre più difficile ogni volta che scendeva la notte e tutto restava

uguale.

CAPITOLO 14

Come aveva detto in precedenza, il malvivente andò a portare la cena a Veronica. Non appena aprì la porta lei si alzò di scatto per impedirgli di pensare che fosse scoraggiata.

«La cena è pronta, bellezza!» le disse avvicinandosi. «Sai che mi stavo già abituando ad averti qui?» Continuava a guardarla intensamente. «Mi piacerebbe avere un ricordo da te, e so che anche tu lo ameresti».

Veronica si irrigidì per quell'approccio, ma non mosse un solo muscolo, per non far notare il panico che provava in quel momento.

«Mangia!» le intimò brusco l'uomo quando si rese conto che non era d'accordo con la stronzata che aveva detto.

Quando se ne andò, le lacrime scesero sulle guance di Veronica. Quell'inferno era già troppo da sopportare. Essere tenuta prigioniera per giorni di fila non era abbastanza, ora doveva fingere di essere forte nell'affrontare quell'ulteriore prova. Non poteva più sopportarlo. Se non fosse andato tutto bene il giorno dopo, sarebbe impazzita.

***

In lontananza, Douglas notò una forte luce. Stavano arrivando e la prova di cui avevano bisogno era davanti a loro. C'erano delle persone in quel posto, e Veronica era tra loro. Ne era assolutamente certo. L'atto finale di quel rapimento sarebbe presto iniziato.

«Tutto pronto secondo i piani. Tenete i telefoni silenziosi e ogni gruppo segua quanto stabilito. Il tempo non è di molto aiuto, ma manterremo la stessa strategia. Non perdetevi. Anche se sta piovendo, la visibilità è buona e potremo muoverci abbastanza agevolmente. È arrivato il momento».

***

«Maledizione!» imprecò uno dei criminali quando vide l'acqua iniziare a cadere dentro la casa. «Dovrò uscire e sistemare le cose o si allagherà tutto qui dentro», disse.

«Che stai aspettando?» gli chiese l'altro.

«Vuoi andarci tu al posto mio?» commentò il primo con un sorriso sul volto.

«Aspetta e spera, amico. Va' tu e io resterò dentro a pulire il casino. Avevo detto che avrebbero dovuto trovare un posto migliore, ma no, hanno insistito a scegliere questo», si lamentò l'altro in tono asciutto.

«Seguiamo degli ordini, amico, non facciamo noi le scelte qui. Il nostro lavoro è fare quello che ci dicono e aspettare i nostri soldi», concluse il suo complice.

«Allora *vai* a fare il tuo lavoro e sistema questa cosa».

Mentre l'altro prendeva una torcia e un impermeabile, il suo complice iniziò a grattarsi la barba, progettando qualcosa, i pensieri distanti.

«Vado a prendere un telo di plastica nel fienile per riempire il buco. Domani ci metterò delle piastrelle».

«Non te ne preoccupare. Sarà l'ultima notte che passiamo qui». L'altro lasciò la porta mezza aperta.

Veronica sentì il movimento di qualcuno che usciva e il suo cuore iniziò a martellare. *Che sta succedendo?* Tesa, rimase immobile dove era. Da quando il criminale era uscito dalla stanza era rimasta nella stessa posizione sul letto, non era neppure riuscita a mangiare. I movimenti fuori proseguirono un altro po' e poi il silenzio si reimpossessò di quello spazio. Gli unici segni di vita esistenti erano il vento e la pioggia.

***

Douglas e la sua squadra non avevano idea di quanti malviventi potessero esserci all'interno. Per saperne un po' di più prima di fare irruzione, esaminarono l'area circostante per ottenere informazioni. Videro un'auto posteggiata dietro la casa che diede loro l'idea che non ci fossero molti di loro, perché in caso di fuga, se ci fossero stati molti complici, una sola automobile non sarebbe stata sufficiente. Mentre si preparavano a fare un tentativo, sentirono dei rumori e tornarono nelle loro posizioni. Un uomo uscì dalla residenza coperto da un impermeabile e guardò da una parte e dell'altra come cercando qualcosa. *Hanno sentito qualche rumore?* si chiese Douglas preoccupato.

Il criminale andò verso una piccola casa accanto alla prima ed entrò. Ben presto uscì di nuovo con un telo di plastica tra le mani e una scala portatile. Osservando la scena, il detective concluse che dovesse fare delle riparazioni dovute alla pioggia, che ora aveva iniziato a scemare un po', cosa che non aveva più importanza visto che ormai erano tutti zuppi.

Mentre l'uomo saliva le scale, il vento gli spostò l'impermeabile e Douglas vide qualcosa che gli luccicava alla vita.

***

Veronica si rannicchiò nell'angolo del letto quando sentì dei passi che si avvicinavano. *Quale dei due verrebbe nella mia stanza a quest'ora?*, si chiese terrorizzata, coprendosi con le coperte.

Lo scricchiolio della porta si mescolò al battito del suo cuore e mentre cercava di abituarsi alla scarsa luce vide una grande ombra che si avvicinava.

«Ciao, principessa! Sono venuto a scaldarti un po'».

Veronica si sollevò di scatto e si premette contro la parete fredda.

«Non aver paura, farò in fretta, te lo prometto».

Quando le si avvicinò, gli si sottrasse dalle braccia e scese in fretta dal letto.

«Sei pazzo. Non devi farlo. Domani avrete i vostri soldi e potrete andarvene ognuno per la sua strada», disse con quel poco di calma che le era rimasto.

«Certo che lo farò. Sei molto bella e solo un pazzo si lascerebbe sfuggire l'occasione di approfittare di questa bellezza», disse lui guardandola dalla testa ai piedi.

«Urlerò per chiamare il tuo complice e finirai nei guai», lo minacciò, usando l'unica arma a sua disposizione.

«È fuori e non ti sentirà, carina. Se fossi in te non farei niente che possa peggiorare le cose per te. Vieni qui!»

Veronica cercò di fuggire, ma prima di poterlo fare nello scarso spazio che aveva, l'uomo l'afferrò per la camicetta, che si strappò e gli rimase in parte tra le mani. Veronica perse per un attimo l'equilibrio, ma si riprese in fretta e corse di nuovo via.

«Potrai anche avere quello che vuoi ma non te lo renderò facile», disse correndo alla porta e rendendosi conto che era chiusa a chiave.

«Rilassati, dolcezza! Perché resistere contro qualcosa che non puoi evitare?» Estrasse un panno bianco dalla tasca e Veronica si rese conto che la sua lotta stava arrivando alla fine.

«Maledizione!» urlò, gli occhi rossi per la collera e la paura.

«Vieni qui e lascia che accada», le ordinò lui, azionando l'interruttore della luce accanto a sé. Stavolta riuscì a muoversi più veloce di lei e la afferrò per un braccio, tirandola a sé. «Sarai mia, bellezza».

Cercò di sferrargli un calcio tra le gambe, ma lui la bloccò e le mise il panno sulla faccia. Quando ebbe bisogno d'aria, fu il momento in cui non vide più nulla.

Il criminale la mise sul letto con un ghigno, ma mentre iniziava a strapparle i vestiti che gli impedivano di dare sfogo alla sua lussuria si sentì un rumore all'esterno.

«Maledizione! Non riesco a credere che quell'idiota là fuori sia caduto!» Passò le mani lungo le gambe di Veronica e uscì per andare a vedere cosa fosse successo. «Tornerò in piena notte, amore mio. Non ti sveglierai molto presto». Si allontanò, ma lasciò la porta mezza aperta.

Mentre usciva si rese conto che qualcosa non andava. Non c'era nessuno al piano terra, e le scale erano deserte. Si affrettò a prendere l'arma dalla cintura e proseguì in silenzio. Era piuttosto buio, ma era abituato a luoghi simili, e quando vide un'ombra dietro una cisterna dell'acqua puntò la pistola nella direzione da cui stava emergendo. Un attimo dopo si sentì uno sparo e un corpo cadde in terra morto.

***

«Attenti, potrebbe esserci qualcuno in casa», avvertì Douglas, muovendosi lentamente verso la porta.

«Siamo solo noi due», chiarì il bandito che avevano catturato.

Douglas andò subito in cerca di Veronica. Nell'edificio c'era solo una luce accesa in una stanza. Dietro di lui c'erano i rinforzi e ognuno andò in una diversa direzione in cerca della giovane donna. Quando Douglas aprì lentamente la porta di una delle stanze, il suo cuore accelerò come non era mai successo prima. C'era una donna sdraiata sul letto, immobile.

«Mio Dio!» esclamò avvicinandosi. Si rese conto che si trattava effettivamente di Veronica. A quanto pareva era stata drogata, perché non parve reagire al suo tocco. «Veronica, riesci a sentirmi?» Douglas spostò gli occhi dal viso della donna al suo grembo, scoperto a causa della mancanza di stoffa. Guardando con più attenzione si rese conto che non sembrava essere accaduto altro. Il criminale che era stato ucciso fuori doveva aver cercato di stuprarla, ma per fortuna sembrava che fossero arrivati prima che potesse riuscirci. «Lo ucciderei se fosse ancora vivo», disse tra sé, raddrizzandosi e prendendo la donna tra le braccia.

«Douglas l'ha trovata!» Disse uno dei poliziotti agli altri quando entrò nella stanza. «Sta bene?» chiese al detective.

«Sembra di sì. Chiama Raul e digli cosa è successo qui. Andiamo!»

La osservò meglio in un luogo più illuminato. Dormiva ma respirava a fatica. Di certo era agitata per lo scontro che aveva avuto. Sul suo volto rabbuiato c'erano profonde occhiaie, probabilmente a causa delle notti insonni passate in quel posto. Anche se non la conosceva, gli sembrava che avesse anche perso peso. La trasportò senza troppo sforzo mentre il suo fragile corpo restava immobile tra le sue braccia. Non aveva mai visto una donna così prima.

Si affrettò a portarla in auto. Stava cadendo una pioggerellina che le lasciò piccole gocce a cadere lungo i capelli. Istintivamente Douglas si chinò sopra di lei per proteggerla e, quando arrivò al veicolo, salì sul retro con lei.

«Tu guida, io le terrò compagnia qua dietro. Potrebbe svegliarsi ed essere nervosa», disse al poliziotto al volante.

Gli agenti rimasti sulla scena avrebbero atteso l'arrivo della scientifica per portare via il corpo.

Durante il viaggio, Douglas guardò incuriosito la donna che aveva in grembo. Sembrava essere profondamente addormentata. Di certo il criminale morto le aveva fatto ingerire qualche sostanza per potersi approfittare di lei. Esaminandola meglio, le trovò un segno rosso sul collo, ma non c'erano tracce di ulteriori aggressioni.

Più tardi, dopo aver parlato con Raul e avergli chiesto di informare il signor Braz delle novità, Douglas rimase con la testa di Veronica in grembo. A volte le controllava il battito, ma la giovane donna restava addormentata e questo stava iniziando a farlo preoccupare.

«Quell'uomo deve averle dato una dose enorme. Sta ancora dormendo», disse al guidatore che si era girato a guardare.

Pochi chilometri dopo, stava guardando il panorama notturno alla luce della luna quando notò un movimento sul suo grembo. Quando abbassò la testa, si trovò davanti gli occhi più belli che avesse mai visto in vita sua. Tutto divenne sfocato. Non gli fu più possibile distinguere la realtà dalla fantasia. I loro occhi non si staccavano gli uni dagli altri, arrivando al punto di causargli dolore, e si rese conto che non stava respirando correttamente solo quando ricevette un forte ceffone in faccia.

«Razza di mostro! Potrai anche ottenere quello che vuoi ma lotterò fino alla fine», strillò Veronica, cercando invano di alzarsi. «Lasciami andare!» Le lacrime iniziarono a scorrerle lungo il viso.

Colto di sorpresa e preoccupato dai suoi movimenti improvvisi, Douglas la tenne forte perché non si facesse del male.

«Lurido codardo», continuò a imprecare lei, tenendosi il polso a cui doveva essersi fatta male nel fallito tentativo di liberarsi dal suo rapitore.

Si guardarono ancora a lungo a vicenda. Veronica ebbe l'impressione che quegli occhi sembrassero diversi, ma dato che non c'era molta luce là dentro, tutto indicava che fosse quel disgustoso bandito che ci aveva vigliaccamente provato con lei un po' di tempo prima che ora la stava portando chissà dove.

«Ora ti lascio andare. Calmati!» disse Douglas, guardando l'autista, che continuava a guidare. Non appena la lasciò andare, lei gli sferrò un forte pugno nelle parti intime. *Perfino immobilizzata e distesa è riuscita a colpirmi*, pensò stringendo i denti.

Vedendolo trattenere il dolore, Veronica colse l'opportunità di dare un calcio alla portiera dell'auto nel tentativo di aprirla per poter fuggire nell'oscurità.

«Dio aiutami!» urlò sentendosi afferrare i capelli da delle forti mani che le impedirono di scivolare fuori dal veicolo.

L'uomo la tirò indietro senza ritegno. Non era felice mentre la tratteneva in modo alquanto brusco. Quando furono di nuovo faccia a faccia, lei rabbrividì. L'avrebbe uccisa, glielo leggeva negli occhi.

«Calmati, Veronica. Mi chiamo Douglas e sono stato assunto da tuo padre per mediare il tuo rapimento. Ero il finto cugino con cui hai parlato al telefono qualche giorno fa».

Veronica rimase immobile. In effetti la voce somigliava a quella che aveva sentito.

«Siediti e rilassati! Ti stiamo riportando a casa», le spiegò infine lui, lasciandole andare i morbidi capelli.

Veronica si alzò a sedere e si guardò attorno.

«Mi dispiace. Proprio ora c'era un uomo che stava tentando di stuprarmi, e credevo fossi lui», disse senza guardarlo.

«Non temere, capisco». Annuì, senza distogliere lo sguardo dai suoi occhi.

«Come sta mio padre? Stiamo andando a casa ora?» chiese lei, girandosi verso di lui.

Di nuovo la sensazione di guardare in quegli occhi diede a Douglas un qualche genere di conforto. Probabilmente a causa del fatto che l'aveva salvata da due incubi.

«Tuo padre sta bene, non preoccuparti. Lo vedrai presto», le disse in tono sicuro.

«Come hai scoperto dove mi tenevano prigioniera?» gli chiese più calma.

«Abbiamo rintracciato le proprietà a nome di tuo cugino e tuo zio e ne abbiamo trovate due. Siamo andati in entrambe e ti abbiamo trovato in quella».

«Mio zio?» chiese lei incredula.

«Sì, Armando, tuo zio, era coinvolto nel rapimento all'inizio, con tuo cugino Henrique». Douglas notò gli occhi di lei farsi più chiari per l'affiorare delle lacrime.

«Non posso crederci», gli disse, ancora sospettosa. «Allora è per quello che uno dei due minacciava l'altro ed entrambi dicevano che il capo aveva proibito loro di toccarmi. Ecco perché. Mio zio era a capo della banda», suppose, la voce strozzata dalle emozioni.

«In realtà, quello al comando era tuo cugino. A quanto pare ha usato tuo zio dandogli l'impressione che sarebbe stato uno dei capi, ma l'ha eliminato dal quadro appena possibile».

«Perché l'ha fatto?» sembrava ancora non accettare quella storia.

«A me sembra che lui avesse dei debiti, ed essendo un uomo psicologicamente debole si è lasciato ingannare dalle promesse di suo nipote, ma quando si è reso conto che le cose si stavano facendo più serie, ha finito per confessare tutto», la informò Douglas, guardando la strada davanti a sé.

«Pover'uomo. È sempre stato il tipo che si fa influenzare da persone sbagliate».

Douglas la guardò sorpreso. Come era possibile che in un momento simile le stesse sentendo pronunciare quelle parole?

«È una persona debole, tutto qui», concluse lei, in qualche modo ignorando la sua espressione sbalordita.

«Se lo dici tu, chi sono io per dire diversamente?» assentì lui, certo che avrebbe capito che cosa gli stava passando per la testa.

Esausta fisicamente ed emotivamente, Veronica si appoggiò allo schienale e fissò inerte l'oscurità. In quel momento, avrebbe potuto essere stata stuprata. Come era possibile che un familiare facesse una cosa simile a una persona a cui voleva bene? Aveva sempre saputo che suo zio era debole, e di certo il suo astuto nipote si era approfittato della cosa. Era per questo che non poteva e non voleva provare alcuna rabbia nei confronti di suo zio. Era stato l'unico della famiglia di sua madre a non voltare le spalle a lei e suo padre. Era vero che c'erano stati dei momenti in cui aveva dato dei soldi a dei parenti, soprattutto quello zio, ma la maggior parte di essi erano andati da lei e suo padre solo per quello. Tuttavia lui era diverso dagli altri e questo la aiutava a non provare collera verso di lui. Di suo cugino non ricordava neppure il volto. Non parlavano da molto tempo. Lo aveva visto tempo prima a un evento locale in città e da allora non lo aveva più sentito. Da allora in poi, probabilmente non ne avrebbe sentito parlare mai più.

«Ti hanno mai dato qualche indizio su chi ci fosse dietro?» chiese Douglas incuriosito.

«No! Ho sentito uno di loro, il meno disgustoso dei due, dire all'altro di stare lontano da me perché al capo non sarebbe piaciuto che stesse così vicino. Tutto qui».

«Questo fuorilegge di cui parli deve essere quello che abbiamo catturato fuori dall'edificio».

Veronica lo guardò e non disse nulla.

«L'altro deve averti fatto questo», commentò lui indicandola. Lei si richiuse subito la camicetta. «È morto e non rapirà più nessun altro».

Quella notizia le portò un po' di sollievo, ma il disgusto non la abbandonò.

«Come molti altri che vivono grazie al crimine, si è cercato la morte con le proprie mani, e questo è molto triste. Ho spesso a che fare con bambini, giovani e adulti che vogliono solo vivere con dignità e incontrano così tante barriere che un tale imbecille non ha mai dovuto affrontare», si sfogò lei.

«Questa cosa continuerà a esistere a prescindere da quello che facciamo o non facciamo. Meglio non soffrire per questo». Douglas era serio. Aveva visto così tante cose nei suoi trentadue anni di vita da non lasciarsi spaventare facilmente.

«Questo lo so!» Tornata ai suoi pensieri, Veronica si ricordò di suo padre e una grande gioia le comparve sul volto osservando l'oscurità alle sue spalle. *Sto tornando a casa, papà*, pensò più calma.

Douglas osservava la donna accanto a sé con la coda dell'occhio. Sembrava star sorridendo per qualche ragione. Era perché stava per rivedere suo padre, o c'era qualche altro uomo oltre lui che avrebbe voluto abbracciare dopo tutto quello che aveva passato negli ultimi giorni? Nel periodo trascorso a casa sua, non aveva notato nulla che l'avesse portato a pensare che quella bellissima donna avesse qualcuno, ma quando si trattava del saggio universo femminile sapeva che era possibile che qualcuno ci fosse. Non aveva ancora incontrato nessuno che fosse più intelligente e discreto delle donne, quando desideravano esserlo. Che lei avesse o meno un uomo nella sua vita non erano affari suoi. Il suo lavoro era riportare a casa la figlia del suo cliente sana e salva e tornare alla sua vita di prima. Ammesso che sarebbe stato possibile per i mesi successivi.

Il silenzio riempì lo spazio e per molto tempo nessuno parlò. Stavano entrambi guardando l'oscurità all'esterno mentre progettavano la loro prossima mossa.

Erano a qualche chilometro di distanza quando il telefono di Douglas suonò.

«Pronto, Raul! Già, stiamo tutti bene», Veronica gli sentì dire a bassa voce.

«Come?» il detective parve irrigidirsi e non era una cosa buona. «Come è successa una cosa simile?», chiese visibilmente seccato.

Cosa starà succedendo? Un soffio di vento entrò nell'auto e Veronica si raggelò.

«Pensi che sia necessario che lo facciamo? Non ci sono altre opzioni?» domandò l'uomo, e si accigliò, cosa che la rese ancora più allarmata. «Va bene allora, ma verrò a cercarti come prima cosa domani mattina per avere altre notizie. Certo, certo! Me ne occuperò io».

Quando riattaccò, Veronica lo guardò incuriosito.

«Che è successo?» chiese, sentendosi stringere il cuore.

«Tuo padre è stato preso da due uomini che sono entrati nella tua casa mentre ti stavamo liberando dai tuoi rapitori», rispose lui schietto. Non voleva prendere in giro la ragazza.

«Che vuol dire preso? Quando non c'ero hanno rapito mio padre, è questo?» domandò stringendo un pugno.

«È questo che crediamo, Veronica. Dato che il rapimento è fallito ed eravamo per lo più impegnati a salvare te, si sono approfittati della situazione e hanno preso tuo padre».

«Mio Dio, come può essere successa una cosa simile?» commentò incredula per quello che stava sentendo. «Ma che razza di senso ha lasciare mio padre da solo e far venire tutti a cercare me?» aggiunse, incontrando un paio di occhi freddi e distanti.

«Non abbiamo lasciato tuo padre senza una scorta. C'erano tre uomini con lui. Siamo venuti in maggioranza a cercare te perché eri tu a essere in pericolo in quel momento. Non avremmo mai potuto immaginare che i rapitori avessero un piano di riserva, ammesso che così fosse», spiegò Douglas in tono asciutto. *Chi pensa di essere questa donna per dire a un professionista come me quello che dovrei o non dovrei fare?*, pensò frustrato per quello che era successo e per non essere stato preparato per evitarlo.

«Cosa facciamo adesso?» chiese lei in tono apprensivo. «Di certo è più a rischio di quanto non lo fossi io. I criminali saranno furiosi perché hai ucciso uno di loro e arrestato l'altro. Potrebbero facilmente decidere di uccidere mio padre», disse con la voce strozzata dall'emozione.

«Faremo tutto il possibile per risolvere questa cosa, ragazza. Ora il meglio che possiamo fare è portarti in un posto che non sia casa tua e attendere notizie».

«Attendere notizie? Non puoi dire sul serio. Devono aver lasciato qualche indizio». Veronica era determinata.

«In tutti i casi di apparente rapimento possiamo solo aspettare che ci contattino, a meno di essere tanto fortunati da trovare tuo padre mentre lo stanno portando al luogo dove intendono tenerlo prigioniero», concluse lui brusco.

«Non ci credo!» Si girò dall'altra parte. *Che sta succedendo?*, si chiese. *Perché tutta questa crudeltà?* Anche se la famiglia di suo zio non era fortunata, non avevano alcun diritto di biasimare loro per questo. In aggiunta, qualunque cosa chiedessero, lei e suo padre li aiutavano regolarmente. «E mio zio dov'è?» chiese, il viso ancora rivolto verso il finestrino.

«È stato preso anche lui».

Veronica rimase in silenzio e non vi furono altre conversazioni.

Douglas aveva un comodo appartamento a Rio Verde che affittava a uomini d'affari in città per lavoro che portavano con sé le proprie famiglie e preferivano un luogo meno formale rispetto a un hotel in cui risiedere. Per fortuna era vuoto quelle settimane ed era stato pulito giorni prima. Avrebbe portato lì Veronica fino a quando tutto fosse stato risolto.

Passarono velocemente da casa di Douglas e, mentre lui organizzava alcune cose, lei rimase nell'auto all'interno del garage. Non appena lui ebbe preso qualche vestito, si diressero alla nuova destinazione.

Quando arrivarono all'edificio piccolo ma ben organizzato, Douglas salutò la guardia di sicurezza ed entrò. Il poliziotto che li aveva portati lì era andato a cercare altre informazioni da dar loro, e c'erano solo loro due per il momento.

Douglas aprì la porta e le fece cenno di entrare. Veronica gli passò oltre e fu ben presto nella piccola, comoda casa. L'ambiente era ordinario, senza eccessi di cose futili, proprio come piaceva a lei. Un tavolino da caffè tra due grandi divani e due poltrone formava un quadrato al centro del soggiorno. Un po' più avanti, un tavolo da pranzo separava le stanze. Anche se Veronica approvava sempre le tende ovunque andasse, lì non ce n'era nessuna, eppure trovò che la casa fosse gradevole con le sue moderne veneziane di tessuto. Le pareti erano dipinte di un colore neutro e che non stancava gli occhi. Un altro aspetto positivo tra i tanti che aveva già notato.

«Dal corridoio si accede a tre stanze da letto. Scegline una e mettiti comoda. In due c'è un bagno. Fatti un bagno mentre vado a cercare qualche informazione. Hai cenato oggi?»

«No, ma non ho fame, grazie», rispose.

«Devi comunque mangiare un po'. Il tuo corpo deve essere debole e devi nutrirti per stare bene quando ci sarà bisogno di te. C'è un ristorante di un mio amico che resta aperto fino a tardi. Ordinerò qualcosa», commentò lui, certo di quello che avrebbe fatto, che lei fosse stata d'accordo o meno.

«D'accordo!» Veronica si allontanò lasciandolo libero di agire.

Douglas non aveva saputo molto dal suo amico. Lo aveva informato solo che gli uomini erano entrati nella casa dal cancello principale. La guardia di sicurezza li aveva scambiati per uomini di Douglas e da lì in avanti era stato facile per i criminali, che non erano stati neppure annunciati. Per quando se ne erano resi conto era stato troppo tardi, non erano riusciti a impedire loro di prendere i due uomini. *Di certo hanno rapito il padre perché non avevano più la figlia*, pensò. Il problema peggiore era che probabilmente i criminali erano furiosi e che questo avrebbe potuto complicare di più le cose. Douglas era perso nei suoi pensieri quando la donna apparve davanti a lui avvolta in un asciugamani.

«Mi dispiace ma non ho vestiti da mettere, e dopo averti chiamato per un po' senza che rispondessi ho deciso di venire io qui», si giustificò seria. «I vestiti che mi hanno dato mentre ero prigioniera sono tutti lì», concluse imbarazzata.

«Va tutto bene. Mi dispiace di non averti sentita. Ti presterò una t-shirt enorme che ho avuto da mia madre anni fa. Sperava che sarei cresciuto un po' di più. Ti starà benissimo». Si alzò per prendere i vestiti che aveva preso mentre organizzava le cose a casa sua. Quando le passò accanto, un gradevole odore lo avvolse, inebriandolo al punto tale che rallentò il passo per poterlo sentire più a lungo.

Quando tornò alla realtà, le porse la maglietta mentre lei lo aspettava davanti alla porta della stanza che avrebbe occupato.

«Grazie!» disse lei, e prese il morbido e sottile indumento. «È davvero grande», disse osservandolo.

«Sì, lo è. Mi farò una doccia mentre finisci di vestirti. Presto ci porteranno da mangiare».

Veronica annuì ed entrò nella stanza, chiudendosi la porta alle spalle.

Sotto la doccia, Douglas rifletté sulla situazione in cui si trovavano. Il coraggio dei criminali era stato eccessivo. Probabilmente avevano visto o sentito le attività della sua squadra e dei poliziotti nel luogo della prigionia ed erano stati certi che le cose a casa del padre di Veronica stessero iniziando a tornare normali, perciò avevano deciso di attaccare lì. Non aveva mai visto niente del genere, ma dovette riconoscere che erano persistenti. Portavano le cose all'estremo e questo non era affatto rassicurante.

Lavato e rasato, andò a incontrare Veronica. Era seduta in soggiorno a fissare il nulla quando arrivò.

«Non temere, pagheremo il riscatto e tuo padre verrà restituito senza problemi», cercò di alleviare la tensione.

«È quello che mi aspetto!»

Douglas la guardò con addosso la sua t-shirt. Le stava benissimo, diversamente che a lui. Era troppo sexy seduta lì a gambe incrociate con addosso una maglietta e probabilmente senza mutandine. Quel pensiero lo fece agitare.

«Ti sta molto bene addosso. Se vuoi tenertela, fa' pure. Almeno avrò una scusa per spiegare a mia madre il motivo per cui non la indosso mai», scherzò per alleggerire la tensione.

«Grazie, ma non rovinerò la felicità di tua madre».

Douglas sorrise discretamente e finse che non fossero affari suoi. Solo un attimo dopo, suonò il citofono. Il portiere chiese se potessero salire a portare da mangiare.

Mentre Douglas riceveva il suo ordine, Veronica uscì da una stanza e andò nell'altra passandogli alle spalle, ed entrando nel campo visivo del fattorino, che guardò distratto nella sua direzione. Douglas la vide con la coda dell'occhio e sentì un raschio alla gola. *Perché se ne sta andando in giro?*, pensò infastidito.

«Grazie, Junior», disse al giovanotto che aveva incontrato molte volte nel ristorante.

«Se ti serve altro chiama», disse educato il giovanotto e, dopo essere stato pagato, se ne andò con un sorriso sul volto.

«Non riesco a credere a certe persone...» commentò Douglas portando i contenitori nella stanza in cui si trovava Veronica.

«Hai detto qualcosa?» gli chiese lei mentre si avvicinava.

«No, niente!» le rispose, sistemando piatti, posate e bicchieri sul tavolo e invitandola a servirsi.

A Veronica sembrò che il cibo fosse molto buono. Non sapeva se fosse perché non mangiava come si doveva da giorni o perché il profumo era davvero divino.

«Mi piace davvero la cucina di questo ristorante. Il proprietario è un mio amico, per questo ho potuto farmelo mandare a quest'ora. Di solito dalle dieci di sera in poi solo il bar è aperto, ma siamo stati benedetti con questa gentilezza e ora eccoci qui», spiegò, notando la sua soddisfazione.

«Ringrazia il tuo amico per me quando lo vedi». Veronica riprese la cena e non si parlarono finché non ebbero finito.

«Credi che mio padre sia al sicuro?» chiese a Douglas, aiutandolo quando iniziò a sparecchiare.

«Credo che sia nel tuo caso che in quello di tuo padre la priorità dei criminali sia il denaro. Potrebbero essere un po' più irritati adesso, ma proveremo a risolvere presto questa situazione senza inutile stress».

«Così sia!» sperò lei, i pensieri distanti.

«Come prima cosa domani mattina, uscirò e andrò a scoprire di più su questa faccenda. Ti lascerò del caffè in cucina. Ci saranno anche le chiavi sul tavolino da caffè nel soggiorno, in caso dovessero servirti. Preferirei che non uscissi, ma sei un'adulta e sai molto bene cosa dovresti o non dovresti fare».

O era stato brusco, o lei l'aveva frainteso.

«Se per te è un fastidio che stia qui nel tuo spazio, posso cercare un altro posto dove andare, detective. In effetti, casa mia è molto più sicura di questa», gli disse in tono brusco.

«Davvero? E che mi dici dei criminali che sono entrati e usciti senza problemi dal cancello principale?» La guardò negli occhi e non distolse lo sguardo per un secondo. Si sentiva intrappolato in essi.

«È stato un errore da parte di Jarbas. Non lo avrebbe mai commesso se avesse sospettato qualcosa. O se non ci fosse stato nessun movimento da parte vostra, cosa che lo ha confuso. Sono sicura che non accadrebbe di nuovo», si difese lei.

«Meglio non rischiare», le rispose, stavolta in tono meno rude.

«Hai comunque la possibilità di accettare o meno. È casa tua».

Quella conversazione era inutile. Avrebbe dovuto prendersi cura della giovane donna e tenerla al sicuro come il suo cliente si aspettava da lui.

«Non è affatto un problema. Sentiti libera, non voglio doverti dire quello che dovresti o non dovresti fare. Non mi piacciono queste cose», si giustificò.

«Non temere, di solito non mi serve che me lo dicano».

Rimasero a guardarsi l'un l'altra in silenzio fino a quando lei fece un profondo respiro e parlò di nuovo.

«Per favore, perdonami. Dovrei ringraziarti per avermi salvato la vita invece di complicare la situazione. Spero tu capisca che sono stati giorni difficili per me. Giorni lontana da casa senza sapere quale sarebbe stato l'esito, e ora che le cose sembravano essere migliorate, è mio padre a essere diventato il bersaglio. Sono preoccupata per lui», disse di getto mentre metteva nel lavandino le posate che aveva in mano.

«Le metto in lavastoviglie», disse lui non appena realizzò che intendeva lavare i piatti. «Ti capisco, e ti prometto che cercherò di aiutarti il più possibile per farti riavere tuo padre», concluse, mettendo i piatti nel cestello e chiudendo lo sportello.

«Grazie!» rispose lei tornando al tavolo. «Tornerai a casa mia?»

«È probabile».

«Potresti portarmi qualche cosa, tipo vestiti e prodotti per l'igiene?»

«Certo che posso!», asserì lui.

«Chiedi a Divina di prenderli. Conosce tutte le mie cose».

«D'accordo».

Ora erano seduti faccia a faccia.

«Come ci contatteranno per il riscatto?», chiese lei sospettosa.

«La nostra unica intenzione era tenerti fuori pericolo e non ci siamo neanche fermati a pensare a questo problema, ma non dovrebbero comunque contattarci immediatamente, dato che sanno che ci è chiaro di cosa si tratta. Ci terranno un po' sulla corda».

Veronica guardò l'uomo negli occhi cercando qualcosa che potesse tradurre quelle parole, ma non vi vide nulla.

«Potrebbero anche chiamare te», chiarì lui, e andò alle cose che aveva preso da casa sua, scegliendo una borsa che era tra esse.

«Non ricordavo neppure di avere una borsa», disse lei, e per la prima volta prese il cellulare che era stato spento dai banditi.

«Era assieme a un altro cellulare di uno dei criminali», spiegò Douglas.

«Sarebbe comunque più sicuro se tornassi a casa mia, potrebbero telefonare lì», disse lei, guardando le chiamate perse di suo padre la sera in cui era stata rapita.

«Possiamo tornare, perché ancora non sanno che non sono tuo cugino. Beh, credo di no!»

«Mio padre non darà loro facilmente questa informazione. Torneremo lì e aspetteremo che ci contattino».

«Magari tuo zio aprirà la bocca», fece notare lui.

«Preferisco credere che abbia imparato la lezione dall'errore che ha commesso. E poi, devono già sapere che c'erano dei professionisti sul caso dal modo in cui siete arrivati dove ero tenuta prigioniera».

Douglas guardò distratto la donna. Veronica sembrava stare molto meglio. Non vedeva più le tracce di debolezza che aveva notato quando gli stava dormendo in grembo. In effetti, la donna stava tanto bene da star facendo piani per il giorno successivo, cosa che avrebbe dovuto essere una sua esclusiva.

«Probabilmente hai ragione», rispose dopo aver riflettuto un po'.

«Beh, se non ti spiace, cercherò di dormire un po'. È da parecchio che ho dimenticato come sia farlo. Ammesso di riuscirci sapendo che mio padre è nella situazione in cui ero io».

«Tranquillità e pazienza sono fondamentali in momenti come questo, riposa».

Avrebbe cercato di seguire il consiglio del detective, anche se sapeva che sarebbe stato difficile.

Nel corso della notte, Veronica si svegliò parecchie volte. Quando entrava in uno stato di rilassamento, sogni sgradevoli giungevano a disturbarla. A volte sognava di essere ancora prigioniera e a volte il sogno riguardava suo padre, e quando succedeva si sentiva profondamente inquieta, come se un antico e radicato dolore le artigliasse il petto. In un attimo di allucinazione vide suo padre a cui sparavano al petto e corse da lui in lacrime. La scena le sembrò talmente reale che sentì un grande peso addosso. Poi, qualcuno sembrò allontanarla da quella scena e lei lottò incessantemente contro quella persona. Non voleva allontanarsi dal fianco di suo padre.

«Veronica, svegliati!» Douglas la scosse.

Aprì lentamente gli occhi e vide il detective chino sul suo letto.

«Che è successo?», chiese, senza capire bene cosa stesse accadendo.

«Ti ho sentita urlare e sono venuto a vedere cosa stesse succedendo. Credo tu abbia avuto un incubo», era dispiaciuto per lei.

Quella bella donna era spaventata e aveva gli occhi rossi. Il viso che un tempo gli era sembrato angelico, ora somigliava più a quello di uno zombie.

«Credo di aver sognato la mia prigionia, e allo stesso tempo stavo sognando mio padre. Non ne sono sicura!» Si coprì il volto, esausta. «Avevano sparato a mio padre e non riuscivo a capire se fosse vivo o no».

Douglas la coprì con la coperta. Veronica era talmente agitata da non essersi resa conto che la t-shirt si era sollevata fin quasi a scoprirla.

«Credi che potrebbe essere un segno?», chiese con tono sofferente.

Anche se Douglas credeva nei sogni, non sarebbe mai stato d'accordo con lei, a causa della sofferenza che le vedeva nello sguardo.

«Hai passato dei momenti difficili mentre ti trattenevano, questo è più che sufficiente per avere degli incubi. Ma niente di tutto ciò era reale, o un presagio, comunque tu voglia chiamarlo. È il modo in cui il tuo corpo esterna quello che stai provando dentro. Ma non preoccuparti, passerà quando avremo ripreso tuo padre».

«Prometti che lo farai?» Sembrava una bambina che chiedeva qualcosa di molto importante, e questo lo devastò.

«Prometto che farò quello che posso». La guardò intensamente cercando di trasmetterle sicurezza.

«Sono sempre stata una donna coraggiosa e sicura di quello che facevo nella vita. Mi dispiace di essere debole in questo momento. Non sono sempre così», si giustificò lei.

«Sono sicuro che non lo sei». Il suo viso non era quello di una persona debole o niente del genere. «Sappi che è normale per le persone che vivono quello che hai vissuto tu, e ancora stai vivendo, provare queste emozioni. Hai il diritto di lasciare che quell'angoscia esca, solo non lasciare che ti domini, va bene?»

Veronica gli sorrise educatamente e si risistemò nel letto.

«Grazie! Cercherò di pensarci».

Douglas si alzò e se ne andò in silenzio dopo aver spento la luce.

Nella sua stanza, ripensò di nuovo agli eventi. Proprio quando sembrava che le cose si fossero messe per il meglio, un nuovo ostacolo era comparso. Sperava che sarebbe finita nel modo migliore possibile, anche se l'audacia di quei criminali lo impensieriva. Qualcosa gli diceva che volevano solo i soldi del suo cliente, ma era anche vero che probabilmente erano disposti a fare qualunque cosa per ottenere la cifra che desideravano. L'avevano dimostrato rapendo il signor Braz quando non avevano più avuto sua figlia tra le mani. Erano coinvolti dei problemi di famiglia, e quando le emozioni subentravano nei casi in aggiunta ai desideri finanziari, i rischi potevano essere anche maggiori.

Fissò a lungo il soffitto nella speranza che il giorno dopo sarebbero emerse delle buone risposte. Dopo una breve riflessione, spense la lampada che aveva acceso quando si era alzato per vedere cosa stesse accadendo a Veronica e cercò di liberarsi la mente per poter riposare.

CAPITOLO 15

Douglas venne svegliato dalla suoneria di un telefono. Si alzò di scatto e corse nella stanza accanto.

«Pronto! Sì, sono io. Parla».

Si avvicinò con espressione preoccupata. Perché quella donna insisteva a fare le cose a modo suo?

«Come va, cugina?» chiese Henrique dall'altra parte della linea. Veronica lo mise in vivavoce in modo che anche lui potesse sentire.

«Sto bene. Non grazie a te, ovviamente!»

Si sentì ridere dall'altra parte.

«Mi è sempre piaciuto quanto tu sia saggia. Credo di aver anche avuto una cotta per te quando eravamo piccoli», disse ironico l'uomo.

«Per fortuna non posso dire lo stesso, caro. Tra l'altro, non ricordo che ci vedessimo tanto spesso quanto sembri suggerire». Veronica riusciva a vedere che Douglas stava cercando di dirle qualcosa, ma era troppo arrabbiata con quel rifiuto umano e non dava alcuna importanza al protocollo.

«Non è necessario stare spesso con una persona per innamorarsi di lei, cara. Lo trovo molto stimolante, sai?»

Douglas digrignò i denti sentendolo.

«Lasciamo perdere il nostro rapporto per adesso. Voglio parlare a mio padre!» chiese Veronica fingendo di essere spontanea.

«In precedenza siamo stati molto gentili permettendo al tuo vecchio di sentirti ogni volta, e guarda cosa hai fatto. Ora non saremo così amichevoli, bella mia, quindi prendi in fretta i soldi e sistemiamo questa cosa prima che decisa di mettere fine a tutto quello che resta della tua famiglia una volta per tutte».

Douglas si rese conto che la donna sarebbe esplosa da un momento all'altro.

«Farò quello che mi chiedi, ma non farò niente per consegnarti i soldi se non mi permetti di parlare con lui». Veronica era furiosa.

«Gli parlerai più tardi. Ora procurati quei soldi e ci risentiremo tra due giorni. Approfitterò di questo momento appassionato tra noi per dirtelo, così non dirai che non ti ho avvertito: se metti in mezzo altre persone, come ha fatto tuo padre, non esiterò a uccidere il mio caro zietto. Non giocare con me, Veronica. Sono davvero arrabbiato con te, e potrei prendermela con qualcun altro».

La linea diventò silenziosa.

«Avevate preparato i soldi quando mi avete liberata?» chiese lei, guardando direttamente il detective per la prima volta da quando era entrato.

«Sì, era tutto pronto. Tuo padre non voleva mettere il tuo benessere più a rischio di quanto già non fosse», affermò lui.

«Allora adesso è il mio turno di fare lo stesso». Veronica si alzò e andò in bagno, chiudendosi la porta alle spalle.

Dato che non avrebbe detto altro, Douglas uscì dalla stanza. Anche lui doveva provvedere alla sua igiene.

Quando si rincontrarono si erano entrambi lavati, ma lei indossava ancora la stessa t-shirt.

«Dato che hanno già il tuo numero, non credo che sia necessario che tu rischi di tornare a casa tua. Andrò solo io a prendere le tue cose. La valigia con i soldi era nella cassaforte, e per la fretta di andarsene i criminali potrebbero averla dimenticata, e non aver chiesto i soldi a tuo padre».

«Forse credevano che non ce li avesse ancora. Che l'intenzione di mio padre fosse di farmi liberare senza pagare il riscatto». Veronica lo guardò sospettosa.

«Non ho mai detto a tuo padre di non pagare il riscatto. La nostra intenzione era solo di non correre rischi non necessari, per questo abbiamo cercato degli indizi prima dello scambio», si giustificò. «Se non lo sapessi, è normale fare così. Non sono stato io a creare questa strategia».

«Mi hai detto che la sua intenzione era di pagare e farla finita», disse lei.

«È vero».

Si fissarono a vicenda per qualche istante.

«Verrò con te!», disse, e si alzò.

«Penso che faresti meglio a restare qui. Non conosciamo le loro intenzioni».

«Non ci serve sapere altro. Vogliono solo i maledetti soldi e li avranno. Spero solo che scompaiano dalle nostre vite e non tornino mai più».

Sembra determinata, ma sono io quello che coordina le cose qui, pensò Douglas.

«Tu resta qui, ci andrò io», insistette.

«No, vengo con te», non alzò minimamente il tono della voce e questo fece profondamente irritare Douglas, che avrebbe voluto strangolarla.

«Sappi che la responsabilità per il tuo atto sconsiderato sarà solo tua». Si alzò, prese le chiavi e si diresse alla porta. Veronica lo seguì senza dire una parola.

Dato che il finestrino dell'auto era oscurato, Douglas si sentiva meno esposto. Anche se credeva che lei avesse assolutamente ragione quando diceva che i criminali non avrebbero corso rischi, dato che avevano il coltello dalla parte del manico, era comunque sicuro che Veronica avrebbe dovuto restarsene tranquilla al suo appartamento, e rientrando lui avrebbe tentato di seminare chiunque gli fosse sembrato sospetto. Invece lei aveva deciso di contraddirlo, come stava facendo spesso.

Quando arrivarono, Veronica fu accolta dalla loro dipendente, in lacrime.

«Calmati Divina, va tutto bene!», disse abbracciando la sua vecchia amica.

«Mia cara, sono quasi morta quando quei criminali se ne sono andati con tuo padre. Se avessi saputo che eri con loro, avrei pregato per la tua protezione».

«Anche se non hai pregato apposta per me, credo che le tue preghiere quotidiane siano state di grande aiuto».

Douglas assistette alla scena in silenzio.

«Andrò dentro a prendere alcune delle mie cose. Ti prego di non dire niente di quello che sai. Io sarò assente per evitare problemi e tornerò solo quando ci sarà di nuovo anche mio padre».

La donna la guardò sbalordita.

«Ragazzo, prenditi cura di questa ragazzina. Per suo padre sarebbe capace di fare follie», disse, spostando l'attenzione su di lui.

«Non si preoccupi. Me ne sono già reso conto».

Si guardarono l'un l'altra, e Veronica entrò in casa per prendere le sue cose.

Dopo essersi messa dei vestiti suoi e aver preso quello che le sarebbe servito per i giorni successivi, si diresse alla biblioteca di suo padre, dove si trovava la cassaforte. Mentre attraversava il soggiorno, Douglas, che la stava aspettando, si alzò e la seguì.

Veronica allungò le mani verso il dipinto appeso alla parete e lo rimosse, rivelando una cassaforte dietro di esso.

«Talmente ovvia e non l'hanno nemmeno cercata. Sono piuttosto sicuri che avranno i soldi», commentò Douglas, e si girò dall'altra parte mentre lei inseriva il codice.

«E hanno ragione!», assentì lei aprendo la cassaforte e tirandone fuori la valigetta che conteneva. La portò al tavolo.

«Devi chiedere una prova che tuo padre stia bene prima di rischiare di andare da loro. In realtà sarò io a consegnare i soldi. Probabilmente tuo padre verrà riconsegnato altrove. Tutti si assumono delle responsabilità», la informò Douglas

«Se lo permettono, va bene», disse lei controllando i soldi. «Il tuo amico poliziotto non entrerà in gioco finché mio padre non sarà al sicuro, capito?», aggiunse con decisione.

«Lui è l'unico che possa assicurartelo. Io rispondo per me stesso e la mia squadra».

«Digli che desidero che non facciano niente. Lasciamo che prendano i soldi e se ne vadano. È quello che vogliamo io e mio padre».

Si guardarono l'un l'altra con aria di sfida.

«Il ruolo della pubblica sicurezza è fornire sicurezza», disse Douglas per nulla felice di quelle parole. Veronica non sapeva come fosse avere a che fare ogni giorno con dei criminali per supporre che potessero semplicemente dare loro i soldi e che tutto sarebbe tornato normale. Il mondo in cui lei viveva non era affatto come la realtà che lui conosceva bene.

«Faranno la loro parte per coloro che non possono permettersi la sicurezza. Io non voglio che mio padre corra alcun rischio non necessario», rispose lei in tono aggressivo.

«Non ti stai comportando in modo ragionevole, Veronica, non possiamo fare solo quello che ci dicono quei criminali, farci da parte e aspettarci che siano onesti con noi e facciano quello che hanno promesso. Non è così che funziona. Non con persone come quelle. Sono dei criminali e sono disposti a uccidere o morire perché non hanno niente da perdere. Non credere che siccome si tratta di tuo cugino avrà pietà. Quando si fa qualcosa del genere si è pronti a tutto, signorina». Anche se non era d'accordo con lei, Douglas in parte la comprendeva e cercava di assisterla. Quella giovane donna aveva subito un forte trauma e quando aveva pensato che tutto fosse finito aveva scoperto che era solamente l'inizio. Tuttavia, non poteva permettersi di farsi trascinare dagli eventi e mettere da parte la sua esperienza.

«Cosa vorresti, che ignorassi l'angoscia che ho provato e sto provando? Mio padre è in pericolo, detective, e non voglio che corra più pericoli del necessario. Voglio solo che torni a casa sano e salvo. Proprio come lui è stato discreto chiedendo il tuo aiuto, io voglio fare lo stesso. È troppo da chiedere?», gli chiese furente.

«No! Facciamo del nostro meglio in modo che tutto finisca bene», le rispose guardandola camminare avanti e indietro.

«Puoi fare quello che vuoi ma fatti da parte», concluse Veronica con aria stanca. «Come ha fatto mio padre a trovarti? Sull'elenco telefonico?»

Quella domanda non gli fece piacere.

«No, signorina! È grazie alla lunga amicizia tra tuo padre e mio padre che sono qui. Altrimenti mi starei godendo la mia tanto attesa vacanza che non faccio da anni perché sono a capo della migliore agenzia di detective e negoziatori della regione».

Si guardarono a vicenda col mento alzato in segno di aggressione.

«Io non ho mai sentito parlare di te», commentò lei in tono asciutto.

«Forse perché non lasci il tuo piccolo mondo in cui sei apparentemente al sicuro».

«Perché chiedi il coinvolgimento della polizia nel tuo lavoro? Non puoi farlo da solo? Devi farti pagare a caro prezzo per quello che sai. Sembra che tu coinvolga un sacco di persone».

Douglas rimase in silenzio per un attimo ad ascoltarla. Quella donna stava cercando di farlo impazzire e non riusciva a capire perché. I giorni di prigionia l'avevano influenzata al punto da renderla irrazionale, forse?

«Perché voglio il meglio per i miei clienti. E comunque lo faccio solo in casi speciali che richiedono l'attenzione di un maggior numero di esperti. Invece di aggredirmi dovresti essere felice che consideri il caso tuo e di tuo padre importante», la criticò.

«L'unica differenza qui è che questo è un rapimento di famiglia, cosa che non è normale che accada», rispose lei.

«È quello che sembra», disse lui senza toglierle gli occhi di dosso. «Cos'altro vedi di diverso in questo caso, Veronica?», le chiese.

«Niente. C'è altro che dovrei vedere?»

«Non so. Forse! Lo scopriremo, ma nel frattempo ti consiglio di conservare le tue emozioni per quando saranno necessarie». Si alzò e si diresse alla finestra. «Possiamo andarcene?»

«Già!» Douglas si fece indietro accanto a lei e la aiutò a raccogliere tutto quello che dovevano portare con loro.

Dopo aver fatto quello che dovevano, se ne andarono per tornare all'appartamento di Douglas. Lui preferì prendere strade meno trafficate per avere una visuale migliore in caso qualcuno li avesse seguiti. Lungo la strada non si parlarono. Veronica sembrava agitata e preferì lasciarla alle sue preoccupazioni, così non gli avrebbe risposto male.

Quando arrivarono, dopo essersi guardato attorno, parcheggiò ed entrò nell'edificio. Anche se credeva che i criminali non si sarebbero preoccupati di cercare di scoprire dove stava vivendo Veronica, si sentiva meglio a essere discreto, preferiva non correre rischi.

«Fa' come fossi a casa tua, io faccio qualche telefonata e torno da te».

Veronica stava uscendo dalla stanza quando si girò verso di lei.

«Tieni il telefono acceso e carico, con una batteria di scorta in caso abbiano bisogno di parlare con te».

«D'accordo!» gli rispose lei prima di sparire nel corridoio.

CAPITOLO 16

«Cosa vuoi che faccia? Lei non vuole che la polizia sia coinvolta direttamente nel caso», disse Douglas a Raul al telefono.

«Di solito sei tu al comando dei tuoi casi. Adesso che succede?», gli chiese l'uomo all'altro capo.

«Non scherzare, Raul. Sai che non mi piace che prendano le decisioni per me. Una delle cose che mi dà più fastidio è essere assunto per un caso in cui devo agire in base agli ordini del cliente. Non posso fare a meno di ascoltare le sue richieste. Quella ragazza ha già avuto due crisi di fila», si giustificò senza riuscire a convincere neanche sé stesso.

«Capisco!» disse il poliziotto. «Pediniamoli, allora. Appena hai notizie fammelo sapere via telefono, email o in qualunque altro modo. Resteremo in contatto e ognuno di noi farà quello che gli è possibile. Lascerò te al comando e fammi sapere quando avrai bisogno del mio aiuto. Sarò nei paraggi, molto vicino».

«Grazie, socio. Grazie della tua discrezione», rispose Douglas più sollevato. «I criminali hanno detto che ci contatteranno tra due o tre giorni, e credo sia tempo sufficiente per organizzarsi. Probabilmente intendono prepararsi i biglietti e tutto quello di cui hanno bisogno per la fuga. Questo mi porta a credere alla possibilità che ci siano più persone coinvolte», spiegò il detective.

«Altri familiari coinvolti? Ma suo zio ha detto che era solo suo cugino», disse il poliziotto.

«Non sto dicendo che siano parenti, ma ci devono essere altre persone e non solo i tre che pensavamo. Non deve esserci solo lui al comando. Quelli nel luogo della prigionia e gli altri che hanno preso suo padre non prenderanno molti soldi, sono solo la forza lavoro dei capi», chiarì Douglas al suo amico.

«Potresti avere ragione. Per non far agitare la ragazza, resteremo di guardia, e se scoprirò qualcosa te lo farò sapere, e spero lo stesso valga per te. Per quanto riguarda lo scambio del denaro per il padre di Veronica, vorrei sapere quando accadrà», disse il poliziotto.

«Te lo farò sapere».

Dopo che si furono salutati, Douglas rimase per un po' di tempo a riflettere sugli ultimi eventi fino all'ora di pranzo, quando chiamò il ristorante del suo amico per farsi portare da mangiare. Veronica non lasciò la stanza fino a quando non andò a dirle che il cibo era stato consegnato.

«Grazie! Ricordati di aggiungere le spese che stai sostenendo per me alla tua parcella», gli chiese non appena lui ebbe apparecchiato.

«Non preoccuparti. Non sono tanto miserabile da farmi pagare del cibo donato a una persona bisognosa».

Veronica diventò rossa come un peperone, ma non disse niente. Douglas si sedette di fronte a lei a tavola e iniziò a mangiare in silenzio.

«Ho parlato col mio amico poliziotto e gli ho chiesto di restare fuori dal caso», spiegò qualche istante dopo, a testa bassa.

«Grazie! Spero che tu capisca la mia paura che intralcino le negoziazioni». La voce le venne fuori tremante per le emozioni che si stava tenendo dentro. Cosciente del cambiamento del suo tono, Douglas la guardò più intenerito.

«La nostra unica intenzione, Veronica, è riportare indietro tuo padre sano e salvo, proprio come lo era con te. Non è nei nostri piani mettere a rischio la vita di qualcuno, voglio che tu lo sappia».

«Lo so. Voglio solo che finisca tutto e mio padre torni da me». Le ultime parole vennero pronunciate un po' a fatica.

«Faremo di tutto per ottenerlo. Credimi!»

Quando Veronica alzò la testa, Douglas rimase pietrificato. Fin da quando l'aveva ritrovata, non aveva davvero guardato quel bel viso e quei bellissimi occhi. Il ricordo dei giorni in cui era stato stupidamente affascinato da essi era scomparso. Ma ora, guardandola così triste e con gli occhi pieni di lacrime, quella magia lo travolse di nuovo.

«Grazie, detective. Ti ringrazio anche per aver rischiato la tua vita e quella dei tuoi compagni per salvarmi dalla prigionia».

Douglas non era stato pronto a sentire quel ringraziamento. Per un attimo pensò che sarebbe stato meglio se lei fosse rimasta acida come lo era stata fino ad allora.

«Ho eseguito responsabilmente il mio lavoro», rispose senza toglierle gli occhi di dosso.

«Questo lo so».

L'atmosfera si stava facendo pesante. Douglas tamburellò con le dita sul vetro del tavolo per il nervosismo.

«Hai mai notato interesse per i tuoi beni da parte di membri della tua famiglia?» volle sapere.

«Per quanto riesco a ricordare di rado ci hanno mai fatto visita dei parenti, tranne per mio zio che ora è con mio padre. Preferiamo stare lontani dagli altri, specie negli ultimi anni», spiegò lei, meno angosciata.

«Capisco, ma confesso anche di essere curioso del perché non vi siate resi conto prima di essere il bersaglio dell'invidia di qualcuno della famiglia».

«Potresti avere ragione, ma come ti ho detto non siamo rimasti in contatto con loro. Ed è proprio per questo che hanno usato mio zio, che era l'unico in grado di dare loro alcune informazioni», riferì Veronica, passando istintivamente un dito attorno al bordo del bicchiere.

«Mio padre mi ha detto che tua madre se ne è andata quando eri una bambina». Douglas voleva sapere un po' di più della vita di lei.

«Mancavano poche settimane al mio decimo compleanno quando se ne andò. Non la biasimo per quello. Non tutte le donne sono in grado di sostenere il ruolo che viene dato loro».

Anche se parlava con una certa tranquillità, Douglas si rese conto che l'argomento la impensieriva.

«Di conseguenza, tu e tuo padre siete diventati ancora più vicini».

Lei annuì. «È tutto quello che ho!»

Le lacrime le scesero lungo il bel viso e fecero sentire in imbarazzo Douglas per aver sollevato un argomento così triste proprio nel momento di dolore che lei stava attraversando, ma aveva bisogno di parlare di più con lei e allontanare l'argomento della conversazione dalla situazione attuale.

«Mi dispiace, prometto che faremo del nostro meglio».

Sentendosi in colpa, si alzò e si avvicinò a lei, prendendola per le spalle indebolite e calanti.

«Credimi, possiamo farcela».

Come una bambina in cerca di protezione, Veronica si sollevò e si rannicchiò piangente tra le sue braccia. Douglas le cinse la vita e le accarezzò tra le dita i morbidi capelli. Lei gli si fece più vicina e un brivido si impossessò di lui. Non era il momento per l'attrazione fisica, ma i loro corpi sembravano così adatti l'uno all'altro che non poteva restare indifferente a quel contatto.

«Sono con te. Ce la faremo!» Non era mai stato bravo a calmare le emozioni di nessuno, e Veronica non faceva eccezione. In effetti sembrava essere anche più difficile quando si trattava di quella donna.

«Mi dispiace per la mia debolezza. Sembra che tu sia entrato nella mia vita in un momento in cui sono davvero fragile. Non mi piace», disse lei appoggiandoglisi alla spalla.

«Magari non sei tu che sei debole, ma la situazione che ti rende tale. Non sarebbe diverso per la maggior parte di noi», le disse in tono calmo per alleggerire la tensione. «Questo deve essere uno dei momenti peggiori della tua vita», concluse, desiderando di potersi allontanare, anche se non sarebbe stato di alcun aiuto.

«Per me è di sicuro il peggiore». Veronica alzò la testa e si ritrovarono faccia a faccia. I cuori agitati non si accorsero del telefono di Douglas che suonava. Si trovavano in un'atmosfera unica, e niente di esterno avrebbe potuto sottrarli a quella trance.

Lui le accarezzò il viso e le passò un dito sulle labbra umide, cosa che lo fece fermare e tornare razionale.

«Sta suonando il telefono», disse, allontanandosi per prenderlo dal tavolino. «Pronto! Sì, papà, tutto bene. Non dire niente, per favore».

Veronica lo vide allontanarsi un po', ma rimase comunque nelle vicinanze e riuscì a sentire quello che stava dicendo.

«Sì, sono con lei, e ora stiamo aspettando istruzioni per procedere con lo scambio». Rimase in silenzio per qualche istante ad ascoltare quello che stava dicendo suo padre. «D'accordo! Ti avviserò non appena lo so».

Quando riattaccò, Veronica lo guardò incuriosita.

«Mio padre voleva sapere del caso. È preoccupato per il suo amico».

«D'accordo. Spero non dia la notizia prima che mio padre sia di nuovo al mio fianco», disse Veronica dopo essersi ripresa.

«Non dirà una parola, mio padre è molto discreto», lo difese lui con un certo orgoglio.

«Dato che è amico di mio padre al punto che gli ha chiesto aiuto, ci credo».

Sorrisero entrambi. Il disagio di prima non esisteva più.

«Va' a riposarti un po'. Parliamo dopo», suggerì Douglas, ansioso di allontanarla prima possibile.

«Penso di averne davvero bisogno. Accetterò il tuo consiglio». Ancora insicura, Veronica andò in camera da letto, lasciandoselo alle spalle, e lui la guardò allontanarsi.

«Non mi piace affatto questa storia. Avrei dovuto lasciarla a casa», disse Douglas grattandosi la barba.

Nel corso del pomeriggio, uscì e andò a comprare alcune cose di cui avevano bisogno. Quando tornò, trovò Veronica al telefono.

«Sì, Maurício, mio padre sta ancora facendo il viaggio di cui hai saputo, ma credo che tra qualche giorno sarà di ritorno. Per quanto riguarda me non preoccuparti, Janaína è al corrente di tutti i miei progetti, per non dire che in questo periodo dell'anno non abbiamo molto da fare, quindi è tutto sotto controllo. Qualunque cosa ti serva, parla con Assunção, mio padre lo ha lasciato a capo della ditta fino al suo rientro». Guardò di sottecchi Douglas prima di proseguire. «D'accordo! Se ti serve qualcosa, chiamami».

«Tornata al lavoro?», le chiese, chiaramente seccato del fatto che stesse usando la linea telefonica.

«Ho dovuto rispondere. Il direttore che sa quello che sta succedendo ha avuto un incidente a casa oggi e ha dovuto assentarsi dalla ditta per delle visite mediche, cosa che ha lasciato l'intero gruppo senza idea di cosa fare. Ma credo rientrerà tra due giorni e tutto tornerà alla normalità», gli spiegò.

«Va bene, ma evita di usare il telefono per parlare con personale della ditta, amici e fidanzati. Ci serve averlo libero in caso decidessero di contattarci. Potrebbero prendere un rifiuto come un insulto!», le disse.

«D'accordo!», assentì lei, senza aggiungere altro su quanto le aveva detto.

«In caso ti piacciano i cereali, ne ho portati un sacco. Tendo a essere più teso senza, specie senza le barrette». Indicò il piccolo sacchetto.

«Grazie! Anche io prendo questa marca».

Douglas mise via quello che aveva comprato mentre lei scriveva qualcosa nel suo blocco note, che era rimasto abbandonato a casa sua per tutto il tempo in cui era stata trattenuta dai criminali.

«Ho preso pane integrale, prosciutto e yogurt. Preferisci cenare o fare uno spuntino leggero e veloce?», volle sapere Douglas.

«Possiamo fare uno spuntino, non ceno quasi mai», rispose lei, gli occhi incollati al computer. «Mi sento troppo piena se ceno ogni giorno»,

«Preparerò uno spuntino più tardi, allora», asserì Douglas.

«Posso farlo io se vuoi. Potrà anche non sembrare ma mi piace fare queste cose», chiarì lei guardandolo.

«D'accordo. Fai tu, allora».

Veronica tornò al suo computer e lui, sentendosi ignorato, cercò qualcosa per passare il tempo.

Era già buio quando, stanca, la ragazza si alzò dal suo posto e si fece una doccia per rilassarsi e poi preparare lo spuntino come aveva concordato col detective. In bagno si liberò dei vestiti e si lasciò lavare dall'acqua fredda che le scorreva lungo il corpo, alleviando un po' dello stress accumulato.

Quel periodo era di certo uno dei peggiori che avesse mai vissuto. Si sentiva un enorme peso sulle spalle e non c'era molto che potesse fare per alleviarlo. Quello che desiderava era che finisse tutto e potesse tentare di tornare alla normalità, senza paure, ansie, brutti ricordi e, ovviamente, senza Douglas nelle vicinanze. Anche se cercava di evitarlo e negarlo, quell'uomo era bello e faceva vagare la sua mente ogni volta che le si avvicinava. Se non fosse stato per la situazione e la consapevolezza del fatto che suo padre avrebbe potuto essere in pericolo, di certo avrebbe guardato un po' di più il compagno della stanza accanto.

Versò una grande quantità di sapone liquido sulla spugna da bagno e iniziò a passarsela sul corpo. La calda sensazione iniziò a impadronirsi di lei. Dolcemente passò in cerchio sull'addome lasciandosi dietro una bianca scia di schiuma. Con gli occhi chiusi salì lentamente attorno ai seni, provando il buon odore e la gradevole consistenza del liquido che le gocciolava lungo il corpo. Quella sensazione la lasciò in trance per qualche secondo. Aveva desiderato così tanto un bagno decente negli ultimi giorni che ancora non riusciva ad abituarsi a quel momento semplice che aveva scoperto quanto fosse piacevole solo nel momento in cui aveva dovuto farne a meno. Era talmente concentrata che a stento sentì la porta aprirsi, e quando si voltò sentì tutto il corpo tremare. Douglas era in piedi sulla soglia come ipnotizzato da quello che stava vedendo. In mano teneva il cellulare, che suonava incessantemente.

«Mi dispiace ma sono dovuto entrare. Sono loro», si avvicinò alla porta di vetro della doccia sollevando l'apparecchio verso di lei, anche se tentò di non far notare che con lo sguardo seguiva ogni sua mossa.

Non sapendo che altro fare, Veronica si limitò a prendere quello che le offriva, in estasi per il fatto di vederlo guardarla come se volesse divorarla. Non appena prese il telefono a cui lui aveva già risposto, afferrò rapidamente un asciugamano con l'altra mano e vi si avvolse.

«Pronto!» rispose fingendo di essere naturale. Douglas aveva messo il vivavoce in modo da poter sentire anche lui.

«Perché ci hai messo tanto a rispondere, cugina? Credevo non fossi più interessata a trattare, o stai facendo qualcosa di più interessante adesso?»

I due si guardarono l'un l'altra in imbarazzo.

«Ero lontana dal telefono, tutto qui. Ti ascolto, di' quello che vuoi». Solo allora Veronica si rese conto che l'acqua era ancora aperta, quindi andò alla doccia e chiuse il rubinetto.

«Stiamo avendo dei problemi tecnici, cara cugina, quindi dovremo restare con tuo padre e il mio caro zietto qualche altro giorno. Non possiamo trascurare le nostre garanzie, capisci!», chiarì lui con voce melliflua.

«No, non capisco. Perché non sistemiamo questa cosa e non andiamo avanti con le nostre vite, Henrique?», rispose lei brusca, e Douglas le fece cenno di calmarsi.

«Non temere, bella, Ci terremo in contatto. Voglio chiederti di collaborare e fare la brava, o lo ucciderò e getterò il corpo in un canale e non sarai mai in grado di fare a tuo padre un funerale decente», la minacciò lui.

«Faremo tutto quello che vuoi», concluse lei con uno sguardo triste che fece sì che a Douglas venisse voglia di abbracciarla e prendere a pugni in faccia lo stronzo. «Posso parlare con mio padre?»

«Non oggi! Magari la prossima volta che parliamo».

Quel rifiuto la lasciò a sentirsi sconfitta, e Douglas desiderò di poterla aiutare in qualche modo a parte quello professionale.

«Ho bisogno di garanzie che non gli hai fatto del male», insistette lei.

«Credi che farei del male a mio zio? Certo che no. Fintantoché non vengo costretto a farlo». L'uomo rise dall'altra parte, facendole venire i brividi. «Il tuo vecchio sta bene e noi vogliamo solo i soldi, non avrai altri problemi se fai tutto quello che ti diciamo, capito?»

«Sì!»

Poi il telefono diventò muto. I due rimasero in silenzio mentre si guardavano l'un l'altra. Non erano in grado di muoversi da dove si trovavano.

«Mi dispiace di essere entrato così. Ho bussato un paio di volte alla porta, e quando non hai risposto ho deciso di entrare. Non potevamo rifiutare la chiamata e far incazzare queste persone», si giustificò Douglas.

«D'accordo. È stato per una buona causa», disse lei, cercando di sembrare più naturale possibile in quella situazione imbarazzante.

«Ti lascio finire la tua doccia. Credo avessi appena iniziato quando sono entrato», disse, costringendosi ad allontanarsi.

«Grazie!»

Douglas se ne andò, sentendosi qualcosa di soffocante nel petto.

Veronica aprì di nuovo il rubinetto e lasciò che l'acqua la investisse. Si sentiva ancora rinfrescata, ma non più come prima. Infastidita, ricominciò a lavarsi, desiderando di non essere entrata in quel bagno prima di aver ricevuto la telefonata.

CAPITOLO 17

Douglas entrò furente nella stanza. Quanto era stato stupido entrare nel bagno dove Veronica si stava facendo la doccia? Non avrebbe dovuto farlo. Ora non riusciva a togliersi l'immagine dalla testa. Quando era entrato, dopo averla chiamata, la sua prima reazione era stata abbassare la testa e avvertirla della sua presenza ma, quando aveva visto la scena di lei che si stava insaponando il corpo con così tanta sensualità, non era riuscito a distogliere l'attenzione da lei. Era stato come ipnotizzato dalla splendida donna davanti a lui. Veronica stava lentamente scendendo lungo il bellissimo addome e, quando era salita ai seni, Douglas aveva quasi smesso di respirare. Quella scena non sarebbe dovuta accadere, ora ne era certo.

Parecchi minuti dopo, Veronica arrivò in soggiorno dal corridoio e si diresse in cucina. Quando si guardarono l'un l'altra per qualche istante, si sentirono come se una fiamma rovente avesse avvolto i loro corpi. In silenzio, lei proseguì verso la sua destinazione.

Ancora tremante, iniziò a preparare il cibo che le sarebbe servito. Lavò la lattuga e i pomodori e li mise da parte mentre preparava i panini e affettava il petto di tacchino, Pochi istanti dopo, sentì un brivido freddo correrle lungo la schiena.

«Posso aiutarti con qualcosa?» le chiese Douglas, guardandole la nuca. Tutto in quella donna sembrava attirare la sua attenzione, ancor più dopo quell'incidente.

«Se vuoi, puoi tagliare i pomodori e preparare la lattuga», gli rispose, tesa per il fatto che le si sarebbe dovuto avvicinare.

Douglas andò al lavandino e si lavò le mani. Dopo essersele asciugate, prese un coltello da un mobile e si mise al lavoro.

Rimasero in silenzio fino a quando Veronica decise che sarebbe stato meglio fingere che non fosse accaduto nulla e iniziò a parlargli.

«Credi che stiano preparando un piano di fuga e sia per quello che hanno deciso di trattenere più a lungo mio padre?»

«Sì, credo proprio lo stiano facendo. Devono pensare che trattenendolo avranno maggiori garanzie di uscirne bene quando tutto sarà finito».

«Credi che stia lavorando da solo o ha altre persone al suo servizio?» Veronica aveva pochi dubbi, ma li stava menzionando solo per spezzare la tensione che gravava nell'atmosfera tra loro.

«Credo sia piuttosto improbabile che sia solo. In questi casi non si è mai soli. In effetti, potrebbe essere assieme alle stesse persone di prima, solo di meno, ovviamente! Ma il comando deve essere lo stesso fin dall'inizio», commentò lui tagliando i pomodori.

«Mio zio non ha saputo dirti chi fosse coinvolto?», chiese lei mettendo i piatti in tavola.

«Lui era solo un piccolo strumento usato da tuo cugino, tutto qui. Non si sono arrischiati a dargli informazioni confidenziali».

Veronica fece un breve sospiro.

«Povero zio. È sempre stato facile da influenzare. Ora potrebbero arrestarlo?», si informò. Erano fianco a fianco, ma a una distanza soddisfacente.

«Sì, potrebbe essere accusato di complicità in rapimento, ma vediamo come andrà a finire questa storia. Questo dettaglio è secondario».

Veronica guardò le grandi mani che tagliavano i pomodori e si distrasse da quello di cui stavano parlando.

«Ti piacciono i lavori di casa, Douglas?» Era curiosa.

«Non molto, ma mi piace fare una cosa o due durante una bella conversazione, sai?»

Si fissarono a vicenda per interminabili secondi fino a quando Veronica spostò lo sguardo e gli si mise al fianco. Douglas si raggelò vedendola avvicinarsi.

«Posso averne un po'?» Indicò la lattuga che era già stata tagliata in pezzi più piccoli.

«Certo!», assentì lui, sentendo il suo profumo ancor più presente, a soffocarlo senza pietà.

Lei gli si avvicinò molto e prese la quantità che le serviva per aggiungerla ai panini.

«Spero che finisca tutto bene. È tutto quello che voglio», disse tornando a sedersi.

«Finirà, credimi!», concluse Douglas, ancora sotto l'influenza del suo profumo.

Dopo aver finito di tagliare la quantità necessaria, portò il piatto a Veronica, annusando di nuovo il suo piacevole aroma. Quando ebbero finito di farcire i panini, si andò a sedere più lontano.

«Potresti tagliare qualche arancia da spremere, per favore?», gli chiese lei, e lui eseguì prontamente.

Tagliò e spremette i frutti mentre lei preparava lo spuntino.

Dopo che ebbero finito tutto, si sedettero faccia a faccia per assaggiare il loro lavoro.

«Mi dispiace per prima!», si scusò Douglas, tornando all'argomento che aveva in mente.

«D'accordo, non preoccuparti, hai fatto la cosa giusta. Ora possiamo affrontare quelle persone», disse lei in tono tranquillizzante, fingendo di essere del tutto ignara di quello che era accaduto.

«Cerca di tenerti vicino il telefono in ogni momento. In questo modo eviteremo incidenti», si giustificò lui con un falso sorriso.

«Lo farò».

Mangiarono lo spuntino in silenzio, senza parlare di quello o altro.

Alla fine del breve pasto, ognuno lavò i suoi piatti e andarono in soggiorno. Non avevano niente di cui parlare, né volevano parlare di niente, ma le norme delle buone maniere richiedevano che fossero educati l'uno con l'altra mentre erano bloccati in quell'appartamento.

«È da molto che fai il detective?», volle sapere Veronica appena si sedettero.

«Circa dieci anni. Ero un giovanotto che non aveva interesse per nessuna carriera che mio padre mi incoraggiava a perseguire. Ho preso una laurea in ingegneria civile, ma sentivo che mi mancava qualcosa nella vita. Come diceva mio padre, ero fuori posto qualunque cosa facessi».

Douglas rise e per la prima volta Veronica gli vide un verso sorriso sulle labbra. Era affascinante.

«Un giorno, un amico mi disse che suo padre aveva bisogno di uno stagista nella sua agenzia di investigazioni, e non so bene perché mi ritrovai interessato e decisi di andare a vedere. Dato che ero un amico di suo figlio, il proprietario accettò di lasciarmi provare. Da allora in poi non abbandonai più la professione. Presi una specializzazione nel campo e anche come negoziatore per i casi più difficili».

Veronica lo guardò imbarazzata. Anche se dubitava che suo padre avrebbe assunto una persona impreparata per aiutarlo, continuava a credere che Douglas non avesse fatto bene il suo lavoro lasciando che lui venisse preso dai rapitori. Ora era certa di quello che aveva già dedotto, ma aveva ignorato: Douglas non solo era un professionista competente, ma anche la persona giusta, per quello era lì.

«Quindi hai abbandonato la tua area e non te ne sei mai pentito, presumo», commentò.

«Di solito non mi pento di quello che faccio perché cerco di essere sicuro prima di agire». Le sue parole erano taglienti come vetro per Veronica. «Anche quando commetto un errore cerco di ricavarne qualcosa di buono, vale a dire che non perdo mai davvero».

«Interessante», disse. Rimasero in silenzio per qualche secondo.

«Ma non è sempre facile, devi sapere», lui proseguì la conversazione. «Quando ho scelto di aprire un'agenzia mia ho passato dei momenti difficili. Mio padre voleva aiutarmi perciò avevo abbastanza per iniziare, ma ho dovuto anche combattere e vincere per conto mio». Sembrava fiero dei suoi risultati, e Veronica era contenta per lui. «Sono figlio unico come te, e i miei genitori mi hanno sempre dato tutto quello che potevano. Tuttavia ci sono dei momenti in cui abbiamo bisogno di camminare con le nostre gambe, ed è quello che ho fatto sei anni fa. Oggi sono affermato, ma non è stato un percorso semplice. Ho sofferto parecchio stress, ho perfino lavorato venti ore al giorno in uno dei miei primi casi. Ci sono stati tanto apprendimento, grandi vittorie, e una perdita».

Quell'ultima frase alterò il battito del cuore di Veronica, ma preferì non fare domande. Douglas sembrava piuttosto agitato.

«Siamo sempre esposti alle conseguenze, sia positive sia negative», disse sincera.

«Sì, lo siamo». Era una risposta vaga. «Parlami di te. Non ho ricavato molte informazioni quando ho ficcanasato tra la tua roba».

Si guardarono l'un l'altra con affetto.

«Beh, diversamente da te, io ho sempre lavorato al fianco di mio padre, ma questo non mi ha resa dipendente e superficiale, voglio precisare!»

Sorrisero di nuovo.

«Da quando ero una ragazzina mi sono interessata all'azienda e, dato che eravamo solo mio padre e io, lui mi raccontava sempre di qualcosa che succedeva durante la giornata lavorativa, cosa che aumentava sempre più il mio interesse ad aiutarlo con le nostre proprietà. Sono direttrice della Fondazione Coltiviamo la Vita e abbiamo avuto parecchio lavoro, ma grandi risultati con quello che facciamo socialmente. È chiaro che non mi dedico solo alla fondazione. Fornisco sostegno a mio padre come consulente personale. Non so neppure se sarei papabile per quella posizione, dato che è sempre stato lui a insegnarmi, ma per qualche ragione lui sembra approvare e io sono felice di aiutarlo».

«Quindi sei una gran lavoratrice», notò lui.

«Faccio quello che posso, ma ho ancora parecchia strada da fare», rispose lei fregandosi le mani.

«Quanti anni hai, veronica?», le chiese Douglas, pur avendolo già saputo da suo padre.

«Venticinque».

«Sembri più matura».

Veronica si accigliò.

«Lasciami finire», le chiese lui, alzando una mano in sua difesa. «Non mi riferivo al tuo aspetto ma psicologicamente», si giustificò.

«In tal caso, grazie!»

«Io ho trentadue anni», disse lui. «Inutile dire che anche io sembro più maturo».

«Non intendevo dirlo», scherzò lei.

«Capisco!»

Anche se cercarono di mantenere leggera la conversazione, c'era qualcosa di oscuro sospeso tra loro. Forse era soltanto il modo di tentare di condurre quel rapporto solo in modo professionale.

«Penso sia ora che me ne vada. Questi giorni a non fare niente mi fanno sentire fiacca e non proprio di buon umore», commentò lei, alzandosi.

«Hai ragione, mi sento allo stesso modo», disse Douglas.

«Se hai bisogno di fare qualcosa non trattenerti a causa mia. Posso restare qui da sola in silenzio, o anche a casa mia. Onestamente non credo di essere a rischio lì», disse lei standogli davanti.

«Ricordi che ho detto che avrei fatto una vacanza? Allora, sto considerando questi giorni come un riposo pre-vacanza. Potrebbe non essere una buona idea renderti troppo disponibile. Potrebbero approfittarsene e rendere più difficili le negoziazioni».

Veronica fece spallucce e se ne andò senza discutere. Douglas la guardò andarsene. Era davvero una donna bellissima. Quei giorni chiuso lì con lei lo stavano riportando alla follia che aveva avuto quando aveva iniziato con quel caso. Ora Veronica era lì col suo abbigliamento informale e discinto che attirava la sua attenzione tanto quanto aveva fatto l'enorme quantità di foto a casa di suo padre. Anche se quella bella donna aveva sempre la stessa faccia angelica, Douglas sapeva che aveva una forte personalità e a volte era più forte di quanto il suo bel viso potesse mostrare.

Veronica entrò nella stanza e chiuse discretamente la porta. Avrebbe voluto chiuderla a chiave, ma non lo fece. Probabilmente quell'atteggiamento sarebbe sembrato infantile agli occhi del detective, o avrebbe potuto accadere qualcosa e quell'atto sarebbe stato la causa di qualcosa di terribile. L'avrebbe lasciata aperta come aveva fatto le notti precedenti. Non era successo nulla che potesse averla resa sospettosa dell'uomo fino ad allora, dopotutto. Mentre stava seduta a letto, rifletté per un po' su quella giornata. Avere Douglas che la guardava come se stesse vedendo qualcosa di surreale mentre si stava facendo la doccia l'aveva fatta vergognare. Aveva permesso solo a un uomo in vita sua di vederla. Quel ricordo le fece venire nostalgia del periodo in cui la loro relazione era stata bella e promettente. Peccato non fosse proseguita. Avrebbe voluto avere una spalla maschile in quel momento. Si sentiva sola e sperduta, e non sapeva dove fuggire. Il suo unico alleato ora era Douglas, il detective che suo padre aveva assunto per negoziare il suo rapimento e che ora stava aiutando lei. Anche se non pensava che fosse la persona più adatta a cui mostrare le sue debolezze. Soprattutto perché non si conoscevano e probabilmente non l'avrebbero mai fatto davvero. Non appena quell'episodio fosse terminato, ognuno di loro sarebbe tornato alla sua vita e forse si sarebbero incrociati di tanto in tanto in città, niente di più. Era da sola, quindi non poteva permettersi di essere debole fino a quando suo padre non sarebbe stato al sicuro al suo fianco.

Douglas stava guardando attraverso la fessura nella porta quando notò che la luce nella stanza di fronte era stata spenta. Ora poteva solo sperare in un sonno riposante e cercare di dimenticare la visione che aveva avuto quel pomeriggio. D'istinto, era entrato nel bagno. Se avesse potuto scegliere non l'avrebbe fatto, lo sapeva, ma in quel momento era quella che aveva ritenuto la cosa più saggia da fare. La sua reticenza ad avvertirla avrebbe potuto causare delle incomprensioni, e non era quello che voleva. Veronica sembrava aver capito il suo comportamento, ma lui ancora non l'aveva elaborato del tutto. Quella vista era stata troppo magnifica e nessun uomo sarebbe rimasto indifferente a qualcosa del genere. Soprattutto non un uomo che stava guardando inebetito delle foto di quella stessa donna solo pochi giorni prima.

CAPITOLO 18

Quando Veronica si svegliò, il sole era sorto già da un po'. Pigramente, andò alla doccia. Dato che il telefono era nella stanza non aveva motivo di preoccuparsi di un altro ingresso improvviso, quindi poteva godersi tranquillamente l'acqua che le cadeva sul corpo rinfrescandola.

Quella notte, aveva dormito senza fare brutti sogni, e si aspettava che continuasse così. Non aveva sento diventare nevrotica, non era in suo potere risolvere la situazione. Doveva stare bene in modo che potessero mettere fine a quell'incubo senza serie conseguenze.

Dopo essersi lavata, si vestì in modo informale come faceva sempre quando stava a casa, con una canottiera di cotone verde e dei pantaloncini di jeans bianchi. Dopo essersi guardata allo specchio, soddisfatta di quello che vide, andò a cercare il detective.

Douglas sentì i suoni in bagno e concluse che Veronica si stesse facendo la doccia. Ben presto tutte le immagini che aveva tentato di ignorare durante la notte gli vennero in mente riprendendo a tormentarlo. Non sapeva ancora cosa fare per liberarsi di quel delizioso karma, ma era certo che avrebbe dovuto calmarsi o avrebbe fatto qualcosa di cui si sarebbe pentito. Ancora agitato, decise di fare la stessa cosa e andò nel suo bagno.

Quando arrivò in cucina, il caffè era pronto e Veronica lo stava aspettando mentre si guardava intorno.

«Buongiorno!» la salutò sedendosi dalla parte opposta. Stava già diventando una routine cercare sempre il posto più lontano possibile da lei.

«Buongiorno, detective!», rispose lei con un sorriso amichevole.

«Oggi dovrò uscire per gran parte della giornata. Spero starai bene, e se vuoi ho parecchi DVD che credo potrebbero piacerti».

«Grazie, detective, ma mi prenderò il tempo per scrivere un progettino che mi è venuto in mente mentre ero in gabbia, ma prometto che se ho tempo guarderò uno dei tuoi DVD». Lo ringraziò e prese una fetta di pane.

«Fa' come fossi a casa tua, e se hai bisogno di contattarmi, il mio numero è sulla prima pagina di quella rubrica sulla console», le disse.

«Grazie!», rispose lei, versandogli del caffè. Douglas bevve un sorso della bevanda fumante.

«Il tuo caffè è molto buono, se avessi un marito ne sarebbe molto contento», scherzò.

«No grazie!», gli rispose lei con un sorriso sul volto.

«Perché no? Sei una delle tante donne che hanno deciso che il matrimonio non fa parte dei loro piani per la vita?» Era curioso della sua risposta.

«Non ho mai detto mai, detective, ma non ancora. Ho ancora parecchi progetti davanti e, detto tra noi, è difficile conoscere persone di questi tempi», rispose lei a bassa voce.

«Hai assolutamente ragione», concordò lui.

«Ma ogni cosa a suo tempo, dicono. Non ho fretta e questo mi aiuterà molto ad avere successo nella mia scelta quando la farò. Nessuna pressione tipo sto invecchiando o mi serve qualcuno con cui uscire il giorno di San Valentino».

«Hai mai sentito dire che le donne bisognose del genere che hai menzionato sono facili prede per i cattivi? Loro hanno un sesto senso per scoprire donne come quelle, e già conosci i risultati di una relazione di questa natura».

Veronica posò il caffè sul tavolo per ascoltarlo.

«Uhm! Spero che tu non abbia quel sesto senso», disse, guardandolo negli occhi.

«Non sono il tipo. Avere una donna come quella non mi soddisferebbe. Preferisco avere a che fare con gente sicura e razionale», disse lui serio.

«Buona fortuna, allora!», scherzò Veronica in tono amichevole.

Rimasero entrambi in silenzio a godersi il caffè mentre le loro menti vagavano contrariamente ai loro desideri.

«Vado, allora. Credo che non tornerò a pranzo. Vuoi che ordini qualcosa per te dal ristorante?», chiese Douglas alzandosi.

«Grazie, ma preferirei prepararmi un panino da sola. Non preoccuparti, starò bene», rispose lei calma.

«Se ti chiamano, credo che sarai in grado di gestire bene la situazione».

Mi ha fatto un complimento o sbaglio?!, pensò lei.

«Grazie! Se succede qualcosa urlerò per farmi sentire da te», scherzò.

«Affare fatto!» Douglas uscì e la lasciò libera di tornare al lavoro.

Nel corso della giornata si concentrò sul suo progetto, cosa che le diede una soddisfazione che non aveva da giorni. Dopo tre ore passate a scrivere e leggere in merito alla legislazione sulle ONG, fece una pausa e mangiò qualcosa.

Era seduta al tavolo con un piattino davanti pieno di foglie di insalata, pane integrale, petto di tacchino e condimenti accompagnati da succo d'arancia. Mentre mangiava si immaginò come sarebbe stata la riunione con suo padre. Aveva avuto così tanta paura che non sarebbe più stata in grado di abbracciarlo e sentire la sua dolce voce che le augurava il buongiorno. Anche se aveva sempre dato valore a suo padre e alla propria vita, dopo quella situazione aveva iniziato ad apprezzarli ancora di più. Alcune priorità dovevano essere riviste. Una volta tornata col suo amato padre, avrebbe riflettuto meglio e messo nuove priorità nella sua vita, inclusa sé stessa.

Un'altra cosa che l'aveva scossa era stata vivere con il detective. Dal momento in cui aveva visto quell'uomo davanti a lei a proteggerla, si era resa conto che qualcosa in lei era cambiato. Non era che fosse innamorata del suo salvatore, quello non le attraversò neppure la mente, ma sola in quello strano spazio si rendeva sempre più conto che le piaceva stare accanto a lui. Si sentiva più protetta. Il detective, che a volte era un gran brontolone, le dava un senso di sicurezza oltre l'ordinario. Si sentiva bene e al sicuro accanto a lui. Douglas era suo amico, collega, e l'uomo che non aveva mai avuto vicino a sé in momenti come quello.

Douglas stava tornando a casa dopo una lunga giornata passata a parlare col suo amico poliziotto e a ispezionare alcuni punti ciechi in giro per la città. C'era la possibilità che il padre di Veronica non fosse lontano, tuttavia non aveva intenzione di comunicare quell'informazione a lei, che probabilmente non avrebbe accettato l'idea che potessero cercare il luogo della prigionia e liberare suo padre senza pagare il riscatto. Anche con questa consapevolezza, era andato a cercare qualunque cosa che potesse tirarlo fuori da quell'appartamento con quella donna bellissima.

Prima di arrivare a casa, si fermò al ristorante del suo amico chiedendo di consegnargli la cena. Quando arrivò, fu accolto dall'amichevole cameriere che aveva consegnato da mangiare a lui e Veronica qualche giorno prima.

«Buonasera, Douglas!», lo salutò educatamente il ragazzo.

«Buonasera, Junior!», rispose lui, notando l'espressione incuriosita del cameriere. «Vorrei che mi consegnassi di nuovo del cibo», gli disse mentre gli veniva porto il menù.

«Perché tu e la tua ragazza non venite qui per cena? È molto comodo e c'è anche un ambiente rilassante».

Avrebbe voluto dirgli che Veronica non era la sua ragazza e probabilmente mai lo sarebbe stata, ma preferì non rovinare la gioia sul viso del giovane.

«Siamo stanchi. Magari un'altra volta». La sua scusa venne accettata.

«D'accordo allora, ma mi raccomando di farci visita quando potrete».

Douglas lo ringraziò per la comprensione e, dopo aver ordinato, se ne andò.

Veronica era distratta dal suo progetto quando sentì il rumore delle chiavi nella serratura della porta. Il suo cuore perse un colpo.

«Buonasera, Veronica!»

«Buonasera!» Era seduta in soggiorno a leggere. Erano passate da poco le sette di sera e non si era neppure accorta del tempo che passava mentre metteva assieme il suo piano d'azione per la fondazione.

«Qualche novità? Ti hanno chiamata?», volle sapere lui, anche se era piuttosto sicuro che non lo avessero fatto.

«Niente! Neanche una chiamata dal corriere».

Douglas sorrise per quel commento e le si avvicinò prima di sedersi sulla poltrona accanto alla sua.

«Non è il caso che ci preoccupiamo. Probabilmente stanno preparando la loro fuga», le spiegò, osservando le sue gambe incrociate.

«Spero sia davvero così», rispose lei fingendo di non notare il suo sguardo.

«Mi sono preso la libertà di ordinare la cena. Credo che dovrebbero portarla per le otto e mezza», la informò.

«Splendido! Amerei poter andare a cena fuori, ma non ne vale la pena», lo ringraziò lei chiudendo il libro.

«Chissà, magari un'altra volta!», replicò lui guardando il suo volto leggermente truccato.

«Chissà», ripeté lei. «Hai avuto qualche notizia sul caso, o sei uscito solo per allentare la tensione?»

Douglas si sentì denudato da quel commento.

«In effetti mi stavo occupando di altri affari dell'agenzia. Niente di che. Avevo bisogno di sapere come stessero andando le cose lì». Era vero che era stato in ufficio, ma per un periodo talmente breve che a stento valeva la pena considerarlo a confronto di tutto il tempo in cui era stato fuori.

«Certo! Non puoi e non dovresti fermarti», commentò lei, conscia delle responsabilità dell'uomo.

«Come è stata la tua giornata qui?» La domanda non sembrava spontanea ma a Veronica non importò. Nessuno dei due era a suo agio in quella situazione.

«Pacifica. Ho annotato alcune idee e sto leggendo questo libro su formalità e legislazione per le ONG, che mi sono portata da casa ed è molto utile per progettare le nostre azioni sociali».

Douglas guardò il volume che gli aveva piazzato accanto.

«Beh, non voglio disturbarti», disse, alzandosi. «Mi farò una doccia e aspetterò la nostra cena». Se ne andò lasciandola senza il pur minimo desiderio di tornare al suo progetto, che fino ad allora era stato molto interessante.

Qualche minuto più tardi, rimise tutto a posto e si preparò anche lei per la cena.

Sotto la doccia, Douglas si lavò lentamente dopo essersi rasato. Nel suo soggiorno c'era una bellissima donna in abbigliamento modesto in piedi davanti a un uomo che era al picco del desiderio. Non aveva una relazione con una donna da mesi. La sua ultima storia era finita secoli prima e, a causa del superlavoro, non aveva tempo di andare a caccia. Ora quello di cui proprio non aveva bisogno era una donna che gli si pavoneggiasse davanti. Avrebbe avuto bisogno di stare in guardia perché qualunque contatto accidentale tra loro due avrebbe potuto infiammarlo e sarebbe stato nei guai con quella ragazza.

Quando uscì dalla sua stanza, si rese conto che Veronica era ancora nella doccia. Quindi andò nella stanza in cui teneva un computer e lì cercò in rete informazioni sugli esiti di rapimenti recenti. Gli piaceva leggere le esperienze dei colleghi. Poteva sempre imparare una cosa o due.

Un po' di tempo dopo, mentre era del tutto immerso nella sua ricerca, sentì avvicinarsi il delizioso profumo di una donna. Un brivido gli attraversò il corpo fino alle parti intime. Con un profondo sospiro, continuò la lettura.

«Non sapevo che ci fosse un sito web esclusivamente per le discussioni sul tuo lavoro», commentò Veronica, avvicinandoglisi pericolosamente.

«Sì, ce l'abbiamo, e ci sono molte cose interessanti qui», le rispose inebriato dal suo buon profumo.

Si avvicinò tanto che percepì il calore della sua pelle e si rese conto che il suo corpo avrebbe reagito da un momento all'altro. Ci sarebbe voluto molto controllo per non causare un grande imbarazzo quella sera.

«Interessante!», disse lei in tono apparentemente calmo, ma sapeva solo lei quanto il suo cuore fosse ansioso di schizzarle fuori dalla bocca. Cercare di avvicinarsi a quell'uomo non era facile, ma l'atmosfera tra loro stava diventando sgradevole e richiedeva una buona dose di dialogo per alleggerirla. «Un ottimo strumento per i professionisti», concluse in tono amichevole.

«Assolutamente. È proprio quello lo scopo», confermò lui, concordando con quell'affermazione.

«Vado nell'altra stanza, così non ti disturberò e potrò anche finire un'altra cosa».

Mentre se ne andava, Douglas guardò il suo splendido sedere e il suo corpo andò in allarme rosso. La donna indossava un paio di pantaloncini di jeans e una canottiera bianca che mettevano in evidenza la sua bellezza femminile. *Che diavolo ti passa per la testa quando ti vesti in modo così sexy e te ne vai in giro per casa a quel modo?*, le chiese nella sua mente. Era infuriato con lei e con sé stesso per aver reagito in quel modo. Sembrava più un adolescente a reagire in quel modo stupido. Cercò invano di riportare la propria attenzione a quello che stava facendo mentre seguiva ogni sua mossa nella stanza accanto.

Veronica si sedette e, dopo aver aperto il portatile, si fece prendere da alcuni post sui suoi social, anche se non aveva desiderio di commentare o mettere un mi piace a qualcosa. Rimase lì solo a osservare con l'unico intento di distrarsi.

Un po' di tempo dopo Douglas sentì di nuovo dei passi che si avvicinavano, solo che questa volta non si sarebbe fatto intimidire.

Veronica gli si sedette vicino e lo guardò mentre proseguiva la sua ricerca. Dato che non aveva nient'altro da fare e non gli andava di stare sola, si sarebbe accontentata di sapere qualcosa di più sulla sua professione.

«Ti piace il tuo lavoro, detective, o lo fai per lo status e i soldi?»

Dato che la domanda non era aggressiva e sembrava essere solo dettata dalla curiosità, le rispose in modo alquanto educato. «All'inizio era più per le apparenze», disse con una risatina che la lasciò a bocca aperta. «Le persone non sanno molto di questa professione e ci fa sembrare, diciamo così, unici». Sorrise di nuovo. «Ma in conclusione, mi piace davvero quello che faccio», rispose sinceramente.

«Fare quello che ami è decisamente la miglior professione che esista», disse lei, ancora scossa dal sorriso che aveva visto. Si guardarono l'un l'altra per qualche altro secondo fino a quando Veronica abbassò la testa e iniziò a guardarsi le unghie nascondendo la propria tensione. «Consideri normale che restino senza contattarci come stanno facendo nel caso di mio padre?»

«Sono loro a determinare quello che è e non è normale, Veronica. Non preoccuparti troppo, abbiamo un vantaggio che manca in altri casi, sappiamo chi sono i rapitori e siamo sicuri che il loro unico obiettivo sono i soldi. Questo ci dà una forte rassicurazione». Credeva davvero alla sua affermazione.

«È davvero una cosa positiva, Douglas?»

Sentirle pronunciare il suo nome gli diede una certa soddisfazione.

«Credimi, lo è», le rispose.

«Sto facendo del mio meglio», disse lei a bassa voce.

«Ci credo». Douglas le prese le mani poggiate sul tavolo e gliele accarezzò.

Quel contatto parve accendere una fiamma tra loro. Rimasero faccia a faccia in silenzio. I loro corpi irradiavano segnali dei quali erano entrambi ignari, ma si resero conto che qualcosa era cambiato. Il suono del citofono interruppe la loro trance.

«Deve essere la cena», disse lui, alzandosi e passandole rapido accanto come se stesse scappando da qualcosa.

Veronica lo guardò rispondere e dire di salire.

«Se volessi apparecchiare la tavola mentre aspetto il cibo lo apprezzerei. Sto morendo di fame», le disse dalla stanza accanto.

«Certo!»

Lui preferì restare ad aspettare nella stanza accanto, in modo da avere più tempo per calmarsi. Pochi istanti dopo bussarono alla porta e consegnarono il cibo ordinato. Fu un altro ragazzo a venire e Douglas fu lieto di non dover vedere la curiosità nei suoi occhi.

«Ho avuto una giornata pesante», mentì mentre portava i contenitori verso Veronica. «Non ho fatto un pasto decente in tutta la giornata» Le si avvicinò e dispose i vassoi sul tavolo mentre lei versava il succo di frutta nei bicchieri.

«Prima le signore», disse, e si allontanò dopo che tutto fu apparecchiato.

«Non voglio essere accusata di averti lasciato a morire di fame. Inizieremo insieme, ognuno da un'estremità».

Lui accettò l'offerta e si servirono assieme.

«Se ti annoia mangiare qui, possiamo andare in un ristorante uno di questi giorni. Credo che non succederà niente di male», commentò Douglas mentre entrambi stavano mangiando.

«Va bene. Spero che non dovremo arrivare a tanto, sarebbe un segno che le negoziazioni si stanno complicando».

Douglas annuì.

«Ma se sarà necessario, mi farebbe piacere», concluse lei.

«Speriamo che non sia necessario, allora», aggiunse lui in tono amichevole. Quello fu uno dei pochi pasti durante il quale si sentirono molto vicini l'uno all'altra.

«Li metterò in lavastoviglie», disse Veronica, restituendogli il favore che aveva fatto lui in precedenza.

«D'accordo, lo apprezzo!», la ringraziò Douglas, e si alzò per andare dritto al computer.

Veronica ordinò quello che era necessario e a volte si ritrovò a guardare con attenzione il detective da sopra il libro che stava leggendo. C'erano persone peggiori con cui vivere, doveva ammetterlo, ma si sentiva ancora fuori posto lì, e tutto quello che avrebbe voluto era che la faccenda finisse presto e lei potesse tornare alla sua casa, ai suoi progetti e alla sua routine.

«Sto andando in soggiorno a guardare la TV», disse non appena ebbe finito quello che stava facendo.

«Buona idea! Devo finire alcune cose qui, spero non ti dispiaccia», le rispose lui, girandosi con la sedia.

«Fai pure!» Veronica andò nell'altra stanza e, dopo aver acceso la TV, si stese sul divano per guardare una serie.

Un po' di tempo dopo, Douglas abbandonò la sua ricerca e controllò se fosse ancora in giro. Non aveva più sentito nulla, neppure cambiare il canale che Veronica stava seguendo da diversi minuti. Quando andò in soggiorno, la trovò addormentata sul divano. Quella scena lo colse di sorpresa. Probabilmente non dormiva bene la notte e si era addormentata lì per la stanchezza. Avvicinandosi lentamente, la guardò più da vicino. Era davvero una bella donna. La sua silhouette ancora in forma dopo il rapimento le dava un fascino che andava oltre quello dei saloni di bellezza. Era una combinazione di fatale e singolare, qualcosa di perfetto ai suoi occhi. Rimase lì per qualche istante, sorpreso della vista privilegiata che aveva su di lei. Poco dopo la prese con calma tra le braccia e la portò nella camera da letto. Quando entrò preferì non accendere la luce, per non disturbare il suo sonno. Lentamente la portò al letto e, mentre ve la stava poggiando, i suoi capelli gli si impigliarono nel bottone di una camicia. Stava armeggiando goffamente per liberarli quando Veronica aprì lentamente gli occhi e si ritrovarono faccia a faccia. Si guardarono l'un l'altra per qualche istante, e poi il bacio accadde.

Sdraiato sopra di lei, Douglas riusciva a percepire l'interesse del suo corpo femminile mentre le loro lingue giocavano tra loro, mescolandosi in un dolce sapore.

Subito prese a toglierle la canottiera. Aveva bisogno di soddisfare il suo desiderio di quella donna o non sarebbe riuscito a lavorare normalmente con lei al suo fianco. Nel loro desiderio di arrendersi, l'uno aiutò l'altra a liberarsi dei vestiti e ben presto furono nudi, ad amarsi a vicenda. Veronica gli tracciò una linea con le unghie lungo la schiena mentre lui le mordeva quel collo sottile che aveva attratto la sua attenzione, facendola fremere. Le parole vennero silenziate dal calore che attraversava le loro vene, sopraffacendoli. Nella penombra della camera da letto, Veronica si stava concedendo a un estraneo e si sentiva sessualmente la più completa delle donne.

Douglas le accarezzava il corpo con mano esperta, privandola in pochi secondi di tutto il suo autocontrollo. Non c'era nulla da fare a parte arrendersi a quella deliziosa tortura. La baciò sul collo e poi le morse delicatamente un orecchio, scatenandole un gemito di piacere soppresso a lungo. Anche se era eccitata dal fatto che quell'uomo virile la stesse toccando, lui sembrava esserlo ancora più di lei, cosa che le fece affiorare un piccolo sorriso di soddisfazione sulle labbra.

«Non immaginavo potessi essere così calda», commentò lui con voce roca.

Quel complimento la toccò nel profondo e si aprì per riceverlo dentro di sé. Quando la penetrò, gemettero insieme. La connessione era perfetta, cosa che sugellava l'armonia tra i loro corpi. Si amarono l'un l'altra lentamente, assaporando ogni momento condiviso. Veronica lo accolse con passione e Douglas ricambiò con attimi magnifici, dandole le migliori sensazioni che avesse mai provato prima con un uomo.

Compiaciuti, rimasero l'uno al fianco dell'altra ad assimilare quello che era accaduto. Erano due estranei che si erano amati a vicenda come amanti eterni.

Pochi minuti dopo che avevano toccato il cielo, il telefono di Veronica suonò ed entrambi si alzarono in fretta.

«Pronto!», rispose lei, ancora nuda.

«Ti ho svegliata, cara cugina?»

Quel tono di dileggio fece stringere i denti a Douglas. Avrebbe adorato incontrare quell'idiota faccia a faccia.

«Ti sento. Dimmi cosa vuoi che faccia».

Era stanca di quella situazione, voleva riavere suo padre e interrompere qualunque legame con quel criminale appena possibile.

«Sembri nervosa, cugina. Hai qualche bisogno? Non hai avuto tempo per un uomo»

Il ragazzo rise dall'altra parte della linea mentre lei guardava con discrezione Douglas, che era in piedi accanto a lei con un pugno serrato.

«Henrique, facciamola finita e andiamo ognuno per la sua strada. Per favore!», chiese in tono stanco. Accanto a lei il calore dell'uomo a cui si era appena arresa le dava un po' di conforto, ma le serviva di più, voleva che suo padre fosse liberato.

«Dato che non vuoi più parlare con me, te la renderò facile. Domani a mezzanotte porta i soldi all'autostrada 060. Sarò lì ad aspettarti con tuo padre», le disse.

«Dove parcheggerai l'auto?»

Douglas le toccò una spalla indicandole che sapeva dov'era.

«Il tuo cuginetto deve saperlo, tesoro. Fatti trovare lì e, per non farti dire che sono cattivo, porta anche quel pezzo di merda. Anche se non è stato di molto aiuto, in qualche modo ti terrà calma ed eviterà inutili reazioni femminili. C'è un po' di traffico in quel posto, quindi ti avviso, qualunque scherzetto farai, ucciderò tuo padre, e se fai cazzate anche te».

Douglas le afferrò le spalle chiedendole di stare calma.

«Non succederà niente. L'unica cosa che voglio è mio padre sano e salvo», rispose decisa.

«Giusto, bella, Così andrà bene. Non voglio che pensi che siccome siamo parenti lascerò correre. Fa' tutto quello che ti dico, e tutto finirà nel miglior modo possibile».

Il criminale riattaccò il telefono e Veronica lo fissò per qualche istante.

«Stiamo già andando verso la fine, non preoccuparti, andrà tutto bene».

Veronica si vestì in silenzio mentre lui parlava. Il momento magico che era avvenuto prima tra loro era diventato niente rispetto al bisogno di rimettere le cose e la mente a posto per fare il passo successivo.

«Non credo che riuscirò più a dormire. Dobbiamo controllare che sia tutto secondo le sue richieste». Veronica si mise a camminare avanti e indietro, preoccupata.

«L'unica cosa di cui hai bisogno adesso è calmarti i nervi, Veronica. È tutto pronto, devi solo fare una pausa e cercare di riposare. È la cosa migliore da fare adesso. Io informerò il poliziotto». Douglas se ne andò, e la lasciò da sola.

Veronica si sedette sul letto e guardò lo specchio. Era pallida e aveva un'espressione depressa. Gli ultimi giorni non erano stati facili per lei. Aveva bisogno di riposare, ma il suo cervello continuava a chiederle di restare allerta. Nel tentativo di alleviare la tensione, andò in bagno e si fece una lunga doccia fredda. Quando tornò, Douglas non era ancora riapparso. Probabilmente aveva già finito la telefonata ma preferiva stare lontano. Apprezzò la sua discrezione. Non era dell'umore di pensare a quello che era successo. Era abbastanza adulta da sapere che entrambi avevano desiderato farlo, ma non si sentiva pronta ad analizzare le ragioni che li avevano portati ad agire.

Douglas rimase seduto sulla poltrona della sua stanza il più a lungo possibile. Aveva appena fatto l'amore con la donna che tormentava la sua mente e allo stesso tempo aveva scoperto che dopo ventiquattr'ore non si sarebbero più visti e quel momento sarebbe stato lasciato nel passato come ogni cosa nella vita. Il sesso che aveva fatto con lei era stato magnifico e perfetto, considerata la situazione. Quello gli fece desiderare di poter stare con lei in un altro momento, in un altro modo, così da sapere cosa era davvero accaduto tra loro. Ma qualcosa dentro di lui gli diceva che non sarebbe successo, quindi era meglio accontentarsi di quello che aveva avuto e andare avanti.

Un po' di tempo dopo, contro la sua volontà di stare lontano da Veronica, andò nella sua stanza a vedere come stesse. Quando aprì la porta, la vide addormentata. *Sta riuscendo a dormire, non male*, pensò. In quel modo sarebbe stata più calma e rilassata la notte successiva, quando avrebbero messo fine al rapimento. In silenzio, chiuse la porta e andò nella sua stanza per riflettere da solo.

CAPITOLO 19

Veronica si svegliò sentendo il calore del sole entrare dalla finestra. Si era addormentata senza rendersene conto, e sembrava si fosse riposata a lungo. Dopo essere rimasta a letto per un po' a guardare il soffitto e pensare alla prossima mossa, si alzò e si fece una doccia.

Douglas sentì il rumore dell'acqua che scorreva nella stanza accanto. *Si è svegliata*, rifletté con una rapida accelerazione del cuore. Avrebbe preparato il caffè e poi avrebbero potuto parlare con calma, senza sogni a occhi aperti da parte di nessuno dei due. Il suo amico poliziotto era già al corrente della situazione e tutto indicava che avrebbero avuto il risultato sperato.

Veronica sentì il buon profumo del caffè quando uscì dalla stanza. *Il detective probabilmente è in cucina*, pensò chiudendo la porta. Facendo un profondo respiro, si diresse a incontrarlo.

«Buongiorno!», gli disse entrando.

Douglas ricambiò il saluto con un cenno della testa e le disse di sedersi. Non appena si fu sistemata sulla sedia, iniziò a parlare: «Ripassiamo quello che faremo oggi», disse schiarendosi la gola. «Per prima cosa voglio chiederti di restare il più calma possibile. Non c'è bisogno di andare nel panico, perché sappiamo quello che vogliono e sono solo i soldi. L'hanno detto molto chiaramente. Come ho detto ieri, ho parlato al telefono col poliziotto e saranno in attesa in auto senza contrassegni attorno alla stazione di rifornimento. Purtroppo non possono avvicinarsi di più perché quel posto è molto visibile. Potrebbero vedere il movimento e allora avremmo dei problemi. Cercheremo di fare la negoziazione come richiedono. Non infrangeremo nessuna promessa che abbiamo fatto e, dopo che tutto sarà stato sistemato, la polizia potrà entrare in azione». Spiegò l'intero piano, facendo una pausa per respirare prima di proseguire. «Non faranno niente mentre siamo a rischio».

Veronica ascoltò con attenzione.

«Non far vedere che hai paura e cerca di stare calma! Sarò con te per tutto il tempo come tuo cugino da parte di padre, capito?», le chiese, guardando con attenzione il suo viso.

«Sì».

Si guardarono l'un l'altra per lunghi istanti in silenzio, poi lui proseguì: «So che devi avere un migliaio di cose nella testa in questo momento, ma concentrati solo su una: la liberazione di tuo padre. Non essere negativa, va bene?» La guardò con espressione tenera. Anche se chiunque passasse da quella situazione se lo aspettava, sapeva che quello era uno dei momenti più tesi. La paura che qualcosa potesse andare male e finire in tragedia tormentava la famiglia in ogni singolo caso

«Lo farò, non preoccuparti». Veronica prese una fetta di torta e la mangiò in silenzio. Continuava a immaginare come sarebbe finita e come si sarebbe comportata in quel momento, mentre Douglas analizzava mentalmente la sua strategia e il modo migliore per mettere fine a quella situazione a loro vantaggio, come era abituato a fare.

Durante il giorno, prepararono la valigia con i soldi e Douglas informò Raul di tutto il programma. La polizia sarebbe stata pronta a entrare in azione quando necessario. Da quando si erano svegliati non avevano avuto altro tempo per pensare a loro e a quello che sarebbe stato dopo che tutto sarebbe stato sistemato. In quella storia non c'era spazio per loro, e probabilmente non ce ne sarebbe mai stato.

Dato che era la vigilia di una festività locale, la giornata era indaffarata e la città pullulava di gente. Veronica stava guardando il movimento attraverso la finestra quando le suonò il telefono.

«Pronto!», rispose, prendendosi il tempo di guardare prima il numero e vedere che era quel criminale di suo cugino, che la chiamava sempre da un numero privato.

«Cambiamento di piani, cuginetta. Voglio te e il tuo aiutante al centro commerciale attraverso l'ingresso principale di President Vargas Avenue entro venti minuti».

Il nuovo ordine la terrorizzò.

«Che vuoi dire, Henrique? Sto ancora preparando le cose per l'ora che avevamo concordato».

Douglas sentì Veronica parlare al telefono e corse nella stanza.

«È così, cara. Il tempo scorre. Ti avverto di non chiamare nessun altro a parte tuo cugino, perché ho uomini in tutta la città, e se noteranno qualunque cosa di sospetto tuo padre non sarà risparmiato come lo sei stata tu. Lo scaricherò nel primo canale che trovo, capito?!»

Stavano ascoltando entrambi dal vivavoce. Douglas fu commosso dall'espressione scossa di Veronica.

«Ora avete diciotto minuti».

La linea divenne muta e Veronica sembrò essere in trance.

«Dobbiamo andare, Douglas», disse meccanicamente.

Preoccupato, lui fece per prendere il telefono per riferire il cambiamento dei piani del rapitore.

«No, ti prego, ha minacciato di uccidere mio padre. Non sta scherzando, detective, siamo solo io e te». Era devastata ma determinata, si rese conto Douglas, infastidita dalla mossa ben pianificata dei criminali.

«Non credo sia una buona idea, Veronica», disse teneramente, vedendo l'ansia su quel bellissimo volto.

«Ti prego!»

Anche se sapeva che correvano un pericolo maggiore essendo del tutto nelle mani dei fuorilegge, accettò. Per Veronica sarebbe andato a uccidere o morire se avesse dovuto, ma qualcosa lo rassicurava che non sarebbe stato il caso. Annuendo, confermò che sarebbero andati da soli. In silenzio, presero la valigia, i cellulari, e si diressero verso la loro destinazione. Dato che l'edificio era vicino, arrivarono in fretta e attesero l'ordine successivo.

Veronica era agitata nell'auto mentre aspettavano, guardava di continuo l'ora sul telefono e batteva ansiosa un piede.

«Calma! Non essere così ansiosa, non ti aiuta. Andrà tutto bene, te lo prometto». Douglas le prese la mano da sopra la gamba e gliela strinse per darle sostegno. Lei gli sorrise e poi la sua espressione cambiò mentre gli guardava sopra la testa.

«È lui!», disse in tono d'urgenza.

Douglas non guardò in quella direzione, avrebbe potuto essere notato.

«Non fare movimenti improvvisi, resta calma», le disse, stringendole di più la mano, che iniziò a tremare. Il telefono suonò e lei rispose apprensiva.

«Lasciate lì l'auto e venite qui. Entrate nel nostro veicolo senza dare l'allarme».

Douglas prese la valigetta dal sedile posteriore e scese aspettandosi che Veronica facesse lo stesso. Mentre si avviavano, lei gli prese la mano, e attraversarono la strada insieme.

«Sono con te. Ti fidi di me?» Una lieve stretta alla mano le diede maggiore sicurezza.

«Sì», rispose Veronica mentre camminavano al centro della strada. Proseguirono in silenzio, e quando raggiunsero l'auto vi salirono entrambi.

«Che bella che sei, cugina. Non ti vedevo così da vicino da molto tempo».

Douglas sentì il folle desiderio di dare un pugno in faccia a quel tizio, ma non lo fece perché avrebbe messo a rischio la vita di Veronica e di suo padre. *Di certo la stava osservando da lontano, da come parla*, pensò infastidito.

«Facciamola finita, Henrique. Dov'è mio padre?», chiese lei senza mascherare il risentimento per il suo parente.

«Calma, tesoro. Facciamo un *giro*».

L'autista si guardò intorno e ben presto l'auto partì verso l'uscita dalla città dell'autostrada 060. La stessa destinazione che avevano concordato inizialmente.

«Come va la vita, cugina?» Spostò lo sguardo dall'una all'altro sorridendo. «Che c'è di nuovo».

«Non ho niente di nuovo da dirti, è tutto come sempre», rispose lei gelida.

«Non ti manca niente nella vita, cara? Mi sei sempre sembrata tanto sola e bisognosa».

Chi è per etichettarmi così? A stento ci conosciamo, pensò lei.

«Ti sbagli Ho sempre avuto tutto quello di cui avevo bisogno e mi sento bene a riguardo. Sto benissimo!»

A Douglas sudavano le mani per la collera.

«Tuo padre ci tiene molto a te. Mi ha commosso la sua preoccupazione per il tuo benessere, ma non ha neanche avuto bisogno di parlare, tu sei ben supportata e non ti accadrà niente di male».

Douglas guardò tutto. Non stava parlando di lui. Di certo non sapeva che fosse un investigatore privato e un ex comandante delle operazioni tattiche della Polizia Federale.

«Noi ci vogliamo bene. Questa è la verità e io voglio solo riaverlo, niente di più». La sua voce era già più calma, cosa che fece rilassare un pochino Douglas.

Quando raggiunsero l'uscita dalla città, l'uomo che stava guidando l'auto girò a sinistra e andò nella direzione opposta a quella che Douglas aveva immaginato. Non sarebbero usciti dalla città come aveva supposto. Era probabile che il luogo della prigionia fosse all'interno di essa, in un quartiere vicino all'autostrada. Il silenzio si impadronì dell'auto e pochi minuti dopo arrivarono all'ingresso di una casa con un'alta recinzione in una strada tranquilla. Non appena il veicolo si avvicinò, il cancello venne aperto e ben presto furono all'interno della proprietà.

Il cugino di Veronica fu il primo a scendere, seguito da loro. Douglas prese la valigetta dal pavimento dell'auto e lo seguì mano nella mano con Veronica. Prima che entrassero, uno scagnozzo si avvicinò loro e li perquisì prima di chiedere loro di procedere. Quando perquisì Veronica la toccò in modo malizioso.

«Non giocare col fuoco, amico», gli intimò il cugino.

L'uomo sorrise e diede loro il permesso di seguirli. All'interno della casa non c'erano molti mobili. Come centinaia di luoghi che venivano affittati nei rapimenti solo per fungere da nascondigli. Attraversarono l'ingresso e presto raggiunsero una stanza in cui Veronica poté vedere la silhouette di suo zio, che sembrava essere stato drogato.

«Che cosa gli avete fatto?» chiese furente, guardandosi intorno in cerca di suo padre.

«Conosci meglio di chiunque questo stupido vecchietto, cuginetta. Stava facendo troppo casino, quindi abbiamo deciso di lasciarlo da solo».

Douglas si guardò meglio attorno. Era tutto ben organizzato e sembrava tranquillo. Sperava che sarebbe rimasto così, per il bene di tutti.

«Dov'è mio padre?», volle sapere Veronica dopo aver scoperto che non era lì.

«Stava prendendo un po' di sole, tesoro, ma è già tornato. Tuo padre è anziano e ha bisogno di muoversi un po'. Non vogliamo che ci accusi di avertelo restituito rovinato».

Douglas vide Veronica diventare rossa per la collera. Sembrava si stesse trattenendo per non dire due parole a quel criminale.

«Puoi portarmi da lui?»

L'uomo le indicò un'altra stanza successiva a quella in cui si trovavano, ed entrambi lo seguirono. Quando arrivarono, trovarono Paul addormentato.

Veronica corse da lui e si chinò dal lato del letto.

«Papà!», lo chiamò a bassa voce per non spaventarlo.

Quando lui aprì gli occhi, si rese conto che era a sua volta sotto l'influsso di qualche droga, meno intensamente di suo zio.

«Figlia mia!», le disse con gli occhi umidi.

Veronica lo abbracciò e rimasero così per qualche istante.

«Chiariamo la faccenda. Io voglio andarmene con mio padre appena possibile», disse lei indicando la valigetta che Douglas stava trasportando. «Prendetela e lasciateci andare in pace».

Henrique fece un passo indietro e prese la valigetta nera, aprendola per controllarne il contenuto. Uno dei suoi complici stava osservando dalla soglia. Dopo che ebbe controllato, si girò sorridendo verso Veronica.

«Devo presentarti una persona», disse con un'espressione maligna sul volto.

«Non farlo, Henrique. Mia figlia non deve sopportare tutto questo. Lasciala andare. Ti prego!»

La richiesta di suo padre la spaventò. Cosa stava succedendo lì che lui non voleva che vedesse? Sembrava spaventato e perfino più triste.

«Non temere, zio, ha il diritto di vedere».

Sentirono dei passi che si avvicinavano e ben presto una donna bionda e ben vestita tra i quaranta e i cinquant'anni entrò nella stanza. Aveva una postura rigida ed era notevole. Anche se era chiaro che avesse subìto qualche intervento di chirurgia estetica, il suo aspetto era molto armonico.

«Come stai, Veronica?»

Veronica guardò la donna davanti a sé e un misto di collera e dolore le riempì il petto.

«Chi sei?», chiese, già conoscendo la risposta. La somiglianza era troppa. La donna si avvicinò un altro po' e le sorrise.

«Non riconosci tua madre? Sono così diversa dai ricordi che credo tu abbia di me?» Alla donna non sembrava importare del dolore nello sguardo di sua figlia. *Anche se è bellissima, sembra fredda e artificiale come i suoi capelli biondi e la faccia ritoccata,* si rese conto Veronica.

«Dovrei riconoscere una donna che ha abbandonato sua figlia in tenera età e se ne è andata senza mai averle detto addio o "ti vorrò sempre bene"?»

Erano faccia a faccia. Veronica teneva stretta la mano del padre sdraiato mentre l'altra era chiusa a pugno.

«Non siamo tutti in grado di mantenere e occuparci di una famiglia, cara. Me ne sono andata perché credevo che sarebbe stato meglio per entrambe, e vedo che ho fatto bene. Tuo padre ti ha aiutata a diventare una donna bella e indipendente».

«La cosa migliore per un bambino è avere una famiglia con un padre e una madre. Non credevo, e ora lo credo anche meno, che tu avessi fatto questo pensando a me. L'unica persona di cui ti importava eri tu».

«Sciocchezze, cara. Non sarei stata felice accanto a te e a tuo padre, e credo che lo stesso sarebbe successo a voi. Che tu ci creda o meno, ho fatto la scelta migliore e non me ne pento». Valquíria guardò Douglas con aria seducente. «Che bell'uomo che hai al tuo fianco, cara. Dovresti cogliere l'opportunità. Se c'è un po' del mio sangue che scorre là dentro, credo tu l'abbia già fatto». Sorrise spavalda, spingendo al limite Veronica. Quando la donna prese la valigetta dalle mani di Henrique, gli occhi di Veronica si riempirono di lacrime. Douglas era già cosciente di quello che stava accadendo.

«C'eri tu dietro tutto questo?» Veronica guardò incredula la donna che le sembrava sempre più estranea ogni secondo che passava.

«Ho dovuto, tesoro. Mi sono ritrovata senza niente dopo che il mio ultimo marito è andato in bancarotta prima di morire di cirrosi. Quel poveretto beveva parecchio», disse ridendo. «Se mi fossi resa conto che presto sarebbe morto e i soldi sarebbero finiti, avrei preso delle precauzioni, ma amavo vivere come una regina e spendere soldi. Non mi sono resa conto di quanto stesse andando male finché non è stato troppo tardi per rimediare». Camminava lenta nella stanza mentre parlava. «Poi ho finito i soldi e, dato che non ho avuto un centesimo da tuo padre, ho pensato che sarebbe stato giusto ottenerlo in qualche modo». Passò le mani dalle unghie viola sulla valigetta, accarezzandola.

«Rapendo tua figlia? Che modo splendido di ottenere dei soldi. Non ho mai visto niente di più patetico». Veronica non si preoccupava più di essere o meno in pericolo. Il suo dolore la stava accecando al punto da farle dimenticare qualunque altra cosa. Per molti anni aveva pianto la perdita della madre che considerava la sua unica amica. O almeno così credeva.

I ricordi le tornarono alla mente a farle ancora più male. Una mattina come tante altre aveva scoperto di non avere più il supporto materno. Quella donna si era lasciata indietro solo pochi capi di vestiario nel cassetto, e lei aveva dormito con quelli per settimane cercando di ricordarsi l'odore di sua madre. La sua impressionante bellezza e l'ampio sorriso che ora si rendeva conto essere falsi. Era sempre con quei vestiti che si sedeva sulla sdraio davanti a casa loro e restava lì per ore ad aspettare che la sua amata madre apparisse al cancello per dire loro di essere tornata per lei e suo padre. Il dolore della perdita era rimasto a lungo fino a quando un giorno si era svegliata e non ne aveva più ricordato i lineamenti con la stessa perfezione. Il suo profumo era svanito del tutto dai vestiti che aveva lasciato e tutto quello che era stato suo aveva iniziato a sparire e diventare solo un ricordo del passato. Non era stato un viaggio facile per lei, ma era stato essenziale essere in grado di vivere di nuovo e prendersi cura di sé stessa e di suo padre, che era anche lui devastato e non si permetteva di abbattersi perché sua figlia non soffrisse più di quanto non stava già facendo.

Le lacrime iniziarono a scorrerle sul viso senza che fosse in grado di fermarle. In quel momento, la stessa angoscia che aveva provato oltre un decennio prima tornò a tormentarla.

«Che domanda stupida, non è vero?! Di certo non ti è mai importato di me. Una madre che ama sua figlia non se ne andrebbe mai come hai fatto tu. Non scomparirebbe mai senza lasciare traccia come hai fatto». Veronica puntò il dito verso la donna.

Il cugino, che stava guardando tutto, le si avvicinò e le afferrò un braccio, tirandosela dietro. Douglas stava per muoversi nel tentativo di proteggerla quando l'altro criminale si avvicinò e gli puntò la pistola alla testa.

«Lasciami andare, idiota, cosa pensi che voglia fare? Credi davvero che le farei qualcosa? Non sono come voi due. Anche se questa donna merita qualche ceffone, non lo farei mai per rispetto dei nove mesi per cui mi ha tenuta dentro di sé. Nel bene o nel male, mi ha fatto questo favore». Veronica notò che gli occhi di Valquíria avevano un diverso luccichio, ma ben presto la donna riassunse la sua postura fiera e sicura.

«Dovrei ringraziarti per la tua generosità, figlia?», chiese guardandola con disprezzo.

«No! Te lo devo, soprattutto per quello che mi hai fatto quando avevo dieci anni. Da quello che posso vedere è stata la cosa migliore che avresti potuto fare in vita tua». Veronica spostò lo sguardo da sua madre al suo cugino criminale. Era evidente che stesssero assieme. Girandosi verso suo padre, andò da lui e si sedette sul letto, accarezzandolo con affetto. «Andiamo, papà?» Lui le tese la fragile mano e Veronica la resse con amore.

«Lasciateli andare», intimò la donna in tono freddo.

Con la pistola puntata alla testa, Douglas guardò in silenzio. Era meglio così. Tutti che se ne andavano per la loro strada con i loro piedi.

Veronica si appoggiò suo padre alla spalla e iniziarono a camminare. Mentre passava accanto a sua madre, il vecchio profumo le tornò in mente, ma ben presto scomparve di nuovo. Non era rimasto niente della donna che aveva amato. Quella persona davanti a lei non avrebbe preso il posto di quella che desiderava rivedere. Avrebbe tenuto tra i suoi ricordi solo ciò che era buono. Il resto lo avrebbe abbandonato una volta per tutte.

«Spero tu sia felice per quello che hai ottenuto qui oggi», disse passandole accanto, seguita da Douglas, che era subito dietro di lei, ancora sotto il tiro del criminale.

«Mi piacerebbe dire di sì, ma non è andata esattamente come avevo progettato», disse Valquíria restando ferma dov'era. «Niente è andato secondo i piani, in effetti, no?!»

Si guardarono a vicenda per l'ultima volta.

«Douglas, potresti aiutare mio zio, per favore?», chiese Veronica quando non ebbe più sua madre in vista.

Quando entrarono nella stanza in cui si trovava lo zio di Veronica, vennero avvicinati dalla polizia, che era arrivata in silenzio. Il criminale che stava puntando la pistola alla testa di Douglas si girò e sparò ai poliziotti, colpendo lo zio di Veronica. Douglas si affrettò a tirare Veronica e suo padre in un'altra stanza nel corridoio nel tentativo di proteggerli. Estrasse la piccola pistola che portava dentro la scarpa e sparò alla gamba dello scagnozzo mentre correva nella direzione presa dagli altri due criminali. L'uomo cadde sparando di lato quando fu colpito da un proiettile al petto da uno dei poliziotti che si stavano avvicinando. Veronica si rannicchiò in un angolo con suo padre e rimase lì angosciata, non sapendo cosa stesse accadendo all'esterno. Dei passi frettolosi entrarono nell'edificio e subito dopo sentì i rumori di una lotta.

«Così non ti verrà più in mente di toccarla di nuovo, idiota». Douglas diede a Henrique un pugno in faccia e lo lanciò contro la parete. Prima che potesse fare altro, Valquíria gli puntò una pistola alla testa.

«Va' a prenderti cura della tua ragazza, mio caro. Non vuoi che torni a casa senza di te, vero?»

Frustrato, fu obbligato a guardarli scappare.

Poi seguì il silenzio. Preoccupata dal fatto di non riuscire a sentire nient'altro, Veronica si alzò mentre Douglas appariva sulla soglia.

«Oh, mio Dio! Stai bene?» gli chiese, andando verso di lui e abbracciandolo.

«Già, sto bene. Tuo zio non sta molto bene. È stato colpito alla spalla e dobbiamo chiamare un'ambulanza».

Veronica lo guardò per vedere se fosse ferito, e fu sollevata notando che stava bene.

«Che è successo a lei?», gli chiese, curiosa e in qualche modo timorosa della risposta.

«Quei due sono riusciti a scappare. Crediamo che avessero un mezzo per la fuga che li attendeva. Abbiamo scoperto un tunnel che attraversa la parete della stanza e va all'altro isolato».

Lei guardò il vuoto sentendosi al tempo stesso sollevata e soffocata da qualcosa.

«Mi dispiace, Veronica». Douglas la strinse forte notando il migliaio di emozioni che le attraversavano lo sguardo.

«Avrei voluto non fosse stata coinvolta. Forse sarebbe meglio se non la rivedessi mai più», dichiarò piangendogli sulla spalla.

«Lo so, mia cara, ma è successo e dovrai un'altra volta essere forte per superarlo di nuovo».

Lei sollevò il viso con le lacrime negli occhi e Douglas gliele asciugò accarezzandole la faccia.

«L'ambulanza sta arrivando, porteranno tuo zio in ospedale. Tutto indica che non sia niente di grave».

Douglas andò dal signor Braz e lo aiutò ad alzarsi da terra. Insieme andarono verso il punto in cui Armando stava ricevendo le prime cure.

«Zio, stai bene?» Veronica lo vide disteso su una barella, debole e con tutta la camicia insanguinata. Sembrava un bambino triste e spaventato. L'anziano le prese una mano e se la poggiò sul petto stanco.

«Perdonami per tutto questo, mia cara. Non ti augurerei mai niente di male», le disse, la voce appesantita dalla droga che gli era stata somministrata.

«Lo so, zio. Sei stato un'altra vittima delle circostanze e della loro astuzia». Veronica si portò la mano dell'uomo al petto, accarezzandogliela. «Ci prenderemo cura di te, non temere».

I paramedici lo portarono verso l'ambulanza che stava aspettando con la sirena in funzione, rendendo ovvio che lì fosse successo qualcosa.

«Gli serviranno cure psicologiche», disse il padre di Veronica dopo un lungo silenzio.

«Sì, papà. Ci penseremo dopo. Andiamo! Devi farti visitare».

Veronica lo aiutò a salire sull'ambulanza.

«Vieni con me sull'auto della polizia, Veronica», le disse Douglas, prendendola per una spalla.

Camminarono fianco a fianco fino al veicolo in attesa.

CAPITOLO 20

Veronica guardò fuori dalla ginestra della sua stanza il sole che splendeva all'esterno. Tutto si era risolto da giorni. Suo padre non era più debilitato come prima, e suo zio era stato dimesso dall'ospedale e trasferito a una clinica psichiatrica. Gli era stato diagnosticato un disordine mentale, e per questo non sarebbe stato condannato per essere stato complice nel rapimento. Veronica preferiva così. Non voleva vedere suo zio sotto chiave. Non sarebbe stata affatto compiaciuta neanche nel vedere sua madre, colei che le aveva dato la vita, dietro le sbarre. Ma probabilmente neanche quello sarebbe accaduto. La donna era riuscita a fuggire dal paese col suo nipote e amante, e di certo ormai erano molto lontani. Valquíria aveva scelto la strada migliore per lei. Veronica avrebbe solo voluto non averla rivista. Avrebbe preferito così, dato che aveva vissuto per così tanti anni creandosi nella testa un personaggio che non era mai esistito davvero. Sarebbe stato meglio non fosse tornata, perché la realtà aveva già stabilito che la madre che aveva creato per sé era solo un'illusione.

Il telefono sul comodino suonò riscuotendola dai suoi pensieri. Respirando meglio, rispose, nonostante fosse un numero privato e non fosse sua abitudine farlo in quei casi.

«Veronica?», chiese la voce melliflua dall'altra parte.

«Sì», rispose col cuore in gola. Quella voce le ricordava quella di qualcuno che avrebbe voluto lasciare nel passato, e se possibile dimenticare del tutto una volta fatto.

«Non voglio giustificare quello che ho fatto e non intendo farlo. Voglio solo dirti che sei diventata la donna che dovresti essere e sono contenta per te». In quel momento, le tornarono in mente i bei ricordi.

«Grazie! Lo devo a mio padre». La sua voce era bassa e senza pretese. Non aveva bisogno di dire niente in faccia a quella donna. Era troppo intelligente per farlo.

«Lo so. Paul ha fatto un buon lavoro. Ti auguro il meglio. In questo momento sono in un altro Paese e voglio dirti che non intendo tornare in Brasile, quindi questo sarà il nostro ultimo contatto»-

A Veronica stava bene. Si sarebbe potuta togliere anche quel peso.

«Spero tu abbia ottenuto quello che desideravi in questi anni e che tu viva in pace fino ai tuoi ultimi giorni», le disse, mantenendo la conversazione pacifica, anche se tesa.

«Quasi tutto, ma sappiamo che la vita è fatta di equilibri, quindi posso dire che ne sia valsa la pena. La mia unica preoccupazione per tutto questo tempo è stata la persona che sta molto bene senza di me».

Guardando la tenda volare spinta dal vento, Veronica desiderò che qualcos'altro svanisse presto, e sperò che non ci avrebbe messo così tanto come l'ultima volta.

«Allora ti auguro buona fortuna da adesso in poi».

Un suono dall'altra parte della linea la informò che la chiamata stava per essere interrotta.

«Anche a te, Veronica. Spero tu non sarai un'avventuriera quanto lo sono io e ti consentirai di sistemarti dove sei felice. Addio!»

La linea diventò muta e una miscela di dolore e piacere invase Veronica. Sua madre non era stata un buon esempio, ma di certo aveva fatto quello che credeva fosse meglio per sé, e non stava a lei criticarla. *Ognuno conosce i dolori e i piaceri dell'essere ciò che è*, pensò guardando l'orizzonte. Non avrebbe fatto molta differenza nella sua vita se sua madre non fosse tornata. Ora sapeva che in effetti non sarebbe accaduto e che non avrebbe più dovuto aspettare come aveva fatto per anni. Avevano già passato insieme il tempo di cui avevano avuto bisogno, perciò ognuna poteva andare avanti con la propria vita. Così lei e sua madre avrebbero trovato entrambe la propria pace.

Mise da parte il telefono e andò al balcone, sedendosi sulla sdraio per lasciarsi abbracciare dal vento. Dopo che tutto era al suo posto, non restava che decidere cosa farne della breve avventura che aveva vissuto con Douglas. Era vero che la notte che aveva condiviso con lui era stata meravigliosa, ma non era sufficiente perché si formasse un legame tra loro. Ognuno di loro aveva i suoi piani e tutto indicava che non fossero l'una nei progetti dell'altro. Quel momento li aveva fatti avvicinare, ma aveva tentato di rimettere tutto a posto il giorno in cui si erano salutati.

«Grazie per tutto quello che hai fatto per me e mio padre, detective», gli aveva detto tendendogli una mano.

«Ho fatto solo il mio lavoro, quello per cui ero stato assunto». Le aveva rivolto uno sguardo incuriosito. Sembrava stesse aspettando qualcosa che lei non sapeva bene cosa fosse.

«So che l'hai fatto. Ma comunque sei stato molto più che un professionista, sei stato il mio supporto emotivo e ti ringrazio molto per quello. Il tuo onorario è stato depositato sul tuo conto e se hai domande sai dove trovarci».

«È stato un piacere!», aveva esclamato lui, teso. «Se mai aveste bisogno di me, fatevi sentire».

«Spero che non sarà necessario, ma lo farò di sicuro se dovesse esserci la necessità». Veronica ricordò il momento in cui se ne stava andando. I suoi passi che si allontanavano e una miscela di tranquillità e qualcosa che non riusciva a descrivere che si era impossessata dei suoi pensieri. Era il momento di andare avanti.

Tornata alla realtà, sorrise alla vista di una splendida farfalla blu con un cerchio nero sulle ali che le passò silenziosamente davanti andando verso i fiori che ricoprivano una parete della casa. Si sentiva come quella farfalla, ma quando era ancora nel suo bozzolo per la metamorfosi. Aveva bisogno di smettere di nascondersi, di essere libera, e bellissima. Era il suo momento di lasciar andare.

Dovevano essere passate due settimane da quando era tornata, e fino a quel momento non aveva creato nulla di nuovo. La sua energia era prosciugata, ma quel lunedì si sentiva più viva che mai.

Quando arrivò in azienda, salutò la guardia che avevano assunto dopo il rapimento e fece la solita strada, parcheggiando al solito posto. Mentre usciva dall'auto e si preparava a inserire l'antifurto, un veicolo le parcheggiò accanto e un brivido le scosse l'intero corpo. Vide un uomo ben vestito uscirne. Abbronzato dal sole, indossava una maglietta, dei pantaloncini, e delle scarpe bianche con calzettoni dello stesso colore. Lo guardò negli occhi e quella fu l'ultima immagine che poté vedere.

CAPITOLO 21

Veronica si svegliò con la testa pesante. Guardandosi intorno, non riconobbe il posto in cui si trovava. Era una stanza grande, molto ariosa, e dall'ampia finestra entrava un vento freddo e piacevole che faceva agitare le tendine di pizzo bianco su un pesante tessuto color piombo, creando un'atmosfera affascinante e romantica. Accanto al letto c'erano due comodini con le rispettive lampade su un rustico supporto di strisce intrecciate di bambù che formava l'immagine di un bellissimo fiore in boccio. Vi erano anche vari dipinti di panorami naturali, uno dei quali in particolare attrasse la sua attenzione quando lo vide: la silhouette in ombra di una coppia abbracciata sulla spiaggia. Occupava l'intera larghezza del letto, in luogo di una testiera. Con la testa ancora pesante, si alzò e andò alla finestra per cercare di identificare il luogo in cui si trovava. Fu sorpresa di vedere in lontananza solo rocce e un immenso specchio d'acqua. Sembrava essere su un'isola. Ancora non sapeva se fosse davvero così, ma qualcosa le diceva che lo avrebbe scoperto presto. Tornata all'interno della stanza, sentì dei passi e, spaventata, corse a prendere una statuetta d'acciaio di una donna mezza nuda e si preparò a difendersi. Avrebbe combattuto fino alla morte se avesse dovuto. Quando la porta si aprì, la sua sorpresa fu enorme.

«Detective Douglas!», disse, spaventata nel vedere la persona che non avrebbe mai immaginato potesse essere lì. «Che succede qui?», chiese quando vide che portava un vassoio con frutta, succo di frutta e pane tostato.

«Non ti serve quell'affare che hai in mano. Non intendo farti del male», commentò lui, andando lentamente verso il comodino.

«Non intendo metterlo giù finché non mi dirai cosa ci faccio in questo posto che sembra un'isola deserta».

«Non è così deserta. Ci siamo noi e un mucchio di animali, per non parlare del fatto che ho una governante».

«Devo tirarti questa in testa per farmi dire cosa sta succedendo?», lo minacciò con voce tremante. *Mi sono sbagliata su di lui? Possibile che Douglas fosse un complice di mia madre o di chissà chi e voglia rapirmi di nuovo?* si chiese col cuore spezzato.

«Ho pensato ti servisse un po' di tempo per riposare e riflettere meglio. Quindi ti ho portata in questo posto», le spiegò Douglas con un luccichio negli occhi.

«Rapendomi senza il mio consenso come se fossi un criminale? Credo tu sottovaluti la mia intelligenza, detective». Veronica fu visibilmente seccata dal vedere un discreto sorriso sulle sue labbra. Le stesse labbra che aveva baciato e che le erano mancate per parecchi giorni dopo che si erano salutati quando tutto era stato risolto.

«È stato il modo migliore che ho trovato per portarti qui senza dover rispondere a delle domande o usare la violenza».

Spaventata da quelle parole, Veronica sollevò di nuovo la statuetta.

«Non avvicinarti. Non ho paura di usarla contro di te».

Lui poggiò il vassoio sul comodino e le si avvicinò con calma.

«Ti avverto, detective, non avvicinarti più di così».

Douglas continuò a ignorare le sue implorazioni e, quando le fu davanti, Veronica cercò di colpirlo, ma grazie ai suoi riflessi la fermò facendola girare e bloccandole le braccia dietro la schiena, facendo sì che la statuina le cadesse in terra.

«Sei un pazzo, che cosa pensi di fare?» La donna era terrorizzata sentendosi intrappolata da quel corpo solido come roccia che stava ansimando alle sue spalle. «Lasciami andare, maledizione!», gli chiese prima di sentire una delle sue mani andarle intorno alla vita, portandola ancora più vicina a sé.

«Non credo sia una buona idea lasciarti andare. O dovrei fidarmi che ti comporterai bene?» L'alito fresco sulla nuca fece rabbrividire Veronica da capo a piedi. Il suo corpo reagì in un modo che era l'opposto dei sentimenti che le attraversavano la mente. «Se continui a essere così aggressiva, a me non dispiace se restiamo così per tutto il tempo che ti serve per calmarti. Come la mettiamo?» Non appena ebbe detto quelle parole, Douglas la baciò sul collo.

«Perché stai facendo questo? Per l'amor di Dio, dimmelo!», gli disse, ma non riusciva a credere di essere stata tanto ingenua da affidare la sua vita all'uomo che la stava trattenendo lì senza motivo apparente.

«Ti ho già detto che avevo bisogno di farlo e niente altro». La fece girare e si mise faccia a faccia con lei. Le loro labbra erano a pochi centimetri di distanza tra loro. «Ho dovuto farlo, non avevo scelta».

Veronica guardò le sue labbra muoversi mentre parlava e di nuovo si sentì del tutto perduta.

«Nessuno fa ciò che non vuole fare».

Douglas poggiò la bocca sulla sua e lei si rese conto che si sarebbe arresa se avesse insistito, ma quello non era il momento, purtroppo.

«Non possiamo sempre scegliere tra ciò che è giusto e ciò che davvero vogliamo. Lo capisci?» La lasciò andare e si allontanò. «Mangia, non mangi da giorni».

Veronica cercò un orologio, ma non le importava davvero. Era devastata da qualcosa di molto più importante di qualche minuto.

«Dove siamo? Puoi dirmelo almeno?» Era agitata, ma non c'era nulla che potesse fare, non ancora.

«Su un'isola privata a Fernando de Noronha». Mentre parlava, Douglas versò del succo di frutta in un bicchiere e preparò un toast.

«Siamo a chilometri di distanza da casa. Perché lo stai facendo, Douglas?»

Gli si avvicinò. Era intorpidita dal dolore per aver creduto a quell'uomo tanto privo di scrupoli e avergli concesso il proprio corpo. Douglas le prese le mani, portandosele al petto, e non resistette più a baciarla.

Per qualche istante, Veronica fu sorpresa da quella reazione e rimase dura come il ferro, ma quando sentì che premeva con ansia contro la sua bocca, si arrese. Il bacio iniziò morbido e perfino freddo, ma ben presto furono avvinghiati l'uno all'altra, dimentichi di qualunque fattore al di là del desiderio che provavano. Douglas le cinse possessivamente la vita. Con le braccia intrappolate tra i loro corpi, Veronica si lasciò trasportare via mentre le loro bocche si concedevano come mai avevano fatto prima. Una sensazione deliziosa la avvolse, facendo sì che i suoi sensi ci mettessero un po' a tornare, ma qualche istante dopo ne rientrò in possesso.

«Lasciami andare!», gli intimò contro le labbra. Si ritrovò a desiderare quell'uomo. Douglas rimosse paziente le mani dalla sua vita, godendosi ogni secondo che poteva di quel delizioso momento che avrebbe voluto durasse ore.

«Mangia e mettiti comoda. Voglio solo chiederti di non fare niente di stupido, va bene? Ci sono molti animali pericolosi là fuori e il mare è molto agitato. Non fare niente che potrebbe mettere in pericolo la tua vita».

Quelle parole spezzarono tutto il fascino che si era venuto a creare fino a quel momento. Veronica lo lasciò andare senza essere in grado di capire cosa stesse succedendo e perché quell'uomo la stesse tenendo prigioniera in quel posto. Dopo aver sentito la porta chiudersi, si girò verso il vassoio e mangiò più che poté. Aveva troppa fame e non poteva permettersi di rifiutare quello che le veniva offerto.

Douglas lasciò la stanza sentendosi stordito. Avrebbe dovuto restare forte e sicuro di quello che stava facendo. Non si sarebbe permesso di fallire, non stavolta. Era la sua ultima possibilità e ne avrebbe approfittato fino all'ultimo respiro.

Dopo un po', Veronica decise che sarebbe uscita dalla stanza. Di certo non era chiusa a chiave. Il fatto che fossero circondati dall'acqua era una prigione sufficiente. In silenzio, in modo da non allertare nessuno, uscì e ben presto trovò una grande stanza in fondo a un corridoio. L'atmosfera era confortevole e perfino moderna per quel posto. C'erano due stanze ed entrambe erano ben organizzate e con arredamento che sembrava essere stato realizzato su misura. Le tendine di pizzo bianco sembravano una caratteristica fissa di quella casa. Ce n'erano parecchie che si agitavano nel vento. Un grande tavolo di legno solido era al centro di una stanza, e un divano e delle poltrone di pelle nera separavano le stanze. Nel soggiorno c'era un televisore da cinquanta pollici appeso alla parete e sotto di esso una mensola con soprammobili di legno e vetro. Al centro, su un tavolino da caffè c'era un vaso di fiori freschi. Dovevano essere locali, dato che non ricordava di aver mai visto una tale bellezza e un'estetica così affascinante. Un po' più avanti, sentì il suono di pentole che venivano coperte o scoperchiate. Era impossibile saperlo con sicurezza, a causa della paura che aumentava a ogni passo. Quando riuscì ad arrivare nel punto da cui provenivano i suoni, si ritrovò di fronte a una donna bassa e robusta che sembrava star preparando il pranzo e, notando la sua presenza, si voltò e le rivolse un sorriso gentile.

«Potrebbe dirmi dove siamo di preciso?», le chiese avvicinandosi. La signora non era incerta, al contrario aveva un aspetto gentile e amichevole. Quando non rispose, le chiese di nuovo: «Potrebbe aiutarmi?» La donna fece un gesto indicandosi l'orecchio e da quello Veronica capì che non sentiva.

«È muta e sorda, Veronica. Solo lingua dei segni». Douglas si avvicinò con un sorriso sulle labbra.

«Hai pensato a tutto. Vedo che sei davvero un professionista intelligente, detective», gli disse in tono greve.

«Ne dubitavi ancora dopo tutto quello che ho fatto per la tua famiglia?» Neanche la domanda fu in tono educato.

«Non ha più importanza. Niente ha importanza». I loro sguardi si incrociarono per un attimo e Veronica riuscì a vedere dell'oscurità soffocare la luce che esisteva in lui.

Douglas rimase a guardarla indeciso mentre si domandava se avesse fatto la cosa giusta, se non avesse agito impulsivamente e rovinato tutto col suo comportamento. Doveva scoprirlo subito.

«Se è questo che pensi. Siediti, Joana ha quasi finito di preparare il pranzo».

Veronica si sedette e rimase in silenzio a guardare i movimenti della donna che a volte la guardava con affetto, e non poté fare a meno di ricambiare le sue buone maniere sorridendo a sua volta, anche se di nascosto.

«Puoi passeggiare qui attorno ogni volta che vuoi. Solo non allontanarti troppo, soprattutto perché in questo periodo dell'anno ci sono molti eventi atmosferici imprevisti e piogge che possono arrivare senza preavviso e metterti in situazioni pericolose», la informò Douglas tamburellando col le dita sul tavolo di legno.

«E questo non andrebbe bene per te, suppongo. Lasciar morire la tua prigioniera senza aver portato a termine il tuo piano».

Lui la guardò incuriosito. Una ruga gli apparve sulla fronte quando capì cosa intendeva.

«Hai assolutamente ragione».

Il modo vago in cui la trattava la stava rendendo sempre più in collera con quell'uomo prepotente e arrogante.

Dopo qualche minuto di silenzio, la cuoca iniziò ad apparecchiare la tavola e servire il pranzo. Anche se il cibo era delizioso, Veronica non riuscì a goderselo. Qualcosa le si era formato in gola impedendole di deglutire.

Era in un luogo sconosciuto e non sapeva cosa stesse succedendo davvero. La sua unica certezza era che stava venendo tenuta prigioniera su quell'isola dall'uomo che aveva ritenuto un salvatore che l'aveva aiutata quando ne aveva avuto più bisogno. Era un dilemma infinito, fingere che niente stesse succedendo e vedere fino a dove si sarebbe spinto quel rapimento, o esplorare parte di quell'ambiente e magari cercare di fuggire. Avrebbe presto dovuto prendere una decisione.

«Goditi il pomeriggio e fai una passeggiata in spiaggia, Veronica. È un posto meraviglioso e sono sicuro che piacerà anche a te. Sta' solo attenta a insetti e lucertole. Sono una piaga qui e sulle Noronha Islands, di cui questa piccola isola faceva parte fino a quando le invasioni irlandese e portoghese hanno fatto sì che venisse acquistata da un ricco barone e diventasse una sua proprietà esclusiva. Comunque per legge la flora e la fauna devono essere lasciate intatte, quindi evita di cambiare qualunque cosa».

Veronica notò del sarcasmo nel suo tono, ma preferì ignorarlo.

«Io avrò da fare con delle faccende che devo risolvere, ma non devi preoccuparti di restare sola qua fuori. Qui non ci sono grossi animali come se ne vedono in altri posti in cui prevale la natura. Le isole non hanno avuto la possibilità di essere colonizzate da grossi mammiferi, per cui penso che sarai al sicuro, spero».

Veronica lo fissò, rendendo chiaro quanto fosse seccata serrando le labbra.

«Se vedi un serpente a due teste in giro, non devi scappare come una pazza». Douglas si alzò e, dopo aver salutato la donna, se ne andò, lasciando un'enorme distanza tra loro.

«Andrò a mettermi qualcosa di comodo e farò quello che ha detto, così conoscerò meglio questo posto». Veronica se ne andò mentre Joana la guardava col suo semplice sorriso.

Si mise dei pantaloncini, una canotta e un paio di scarpe da ginnastica che le erano state fornite, proprio come quando era stata rapita. C'era un intero guardaroba a sua disposizione, e per qualche istante le passò per la mente che Douglas potesse essere stato coinvolto con i criminali fin dall'inizio. Sembrava surreale, ma la possibilità esisteva. Nel suo cuore preferì non crederci, ma era una possibilità a cui doveva pensare, e forse avrebbe capito perché stava succedendo tutto di nuovo. Forse lo avevano lasciato senza la cifra che avevano concordato e lui aveva deciso di ottenerla rapendola di nuovo.

Dopo aver preso un cappello, andò a cercare qualcosa che attirasse la sua attenzione. Non appena uscì dalla casa, si guardò attorno e una miscela di piacere e insicurezza si impadronì di lei. Il panorama era bellissimo. Il vento le agitava i capelli, Quell'umidità si trovava solo in luoghi vicini all'acqua e ad ampie foreste. Anche il terreno roccioso di un colore marrone rossastro attrasse la sua attenzione. Ricordò quando aveva studiato le isole e le era stato detto che il colore del terreno era dovuto al fatto che la regione fosse composta di roccia vulcanica. Deliziata, prese un po' del terreno in mano e ne saggiò la consistenza tra le dita. Poi passeggiò in silenzio attraverso la regione osservandone le piante native in cerca di qualcosa che alleviasse il suo dolore.

Dopo un po', quando solo il silenzio prevaleva, raggiunse una spiaggia che sembrava più un dipinto e si sedette su una roccia scura a guardare il mare agitato che andava e veniva, schiantandosi contro le grandi pietre che sembravano essere state posizionate nel mezzo delle acque scintillanti e cristalline. Tutto si univa con tale bellezza e precisione da terrorizzarla. In quel posto era impossibile credere alla teoria che l'uomo fosse giunto dal nulla e continuasse semplicemente a cambiare.

Quando tornò a casa era già tardi. Il silenzio regnava nella stanza e per qualche istante si sentì il cuore spezzato. Aveva visto una bellezza che mai avrebbe immaginato prima di allora, ma in quel momento tutto ciò che desiderava era di non trovarsi lì. Come sarebbe stata la vita là fuori? Come stavano suo padre e le persone a cui voleva bene? Così tante domande le affollavano la mente. Aveva bisogno di sapere perché stava venendo trattenuta di nuovo. Se Douglas era un complice di sua madre e Henrique.

«È tutto molto bello qui, Joana», commentò portandosi alle labbra le dita della donna perché capisse quello che stava dicendo. Quel movimento parve avere effetto e presto la donna le sorrise in modo amichevole, mostrando di aver capito. «Mi farò una doccia per avere sollievo dal calore».

Andò nella sua stanza e si godette la doccia fredda mentre la sua mente vagabondava in quel paradiso. Sarebbe stato perfetto se fosse stata lì con qualcuno che la amava, ma non era il suo caso, né lo sarebbe stato per Douglas. Ce l'aveva con lui ed era certa che le stesse nascondendo qualcosa. Non stava insistendo per scoprirlo solo perché temeva che sarebbe stato uno sporco segreto e avrebbe demolito tutta la gratitudine che provava per quello che lui aveva fatto per la sua famiglia. Sarebbe rimasta tranquilla finché non avrebbe avuto la possibilità di fare qualcosa. L'isola sembrava deserta e, anche se era privata, un turista perduto o qualcun altro avrebbe potuto arrivare lì e aiutarla ad andarsene.

Quando tornò dalla doccia, sussultò nel vedere il detective in piedi al centro della stanza, a guardare altrove.

«Ti serve qualcosa, detective?», gli domandò, sistemandosi l'asciugamano attorno al corpo. Non le piaceva mettersi la crema idratante in bagno e preferiva sempre farlo nella stanza da letto, il che significava che usciva sempre senza vestiti. Era una delle sue più antiche abitudini e decise che l'avrebbe cambiata fintantoché si trovava lì. Questo perché gli occhi di lui sembravano ardere per l'intensità con cui la guardava. La doccia non sembrava più sufficiente a causa del calore che le invadeva il corpo.

«Sono venuto a chiederti come è andata la passeggiata».

Di certo sta cercando indizi di una possibile fuga, pensò Veronica. *Questo significa che c'è una via d'uscita da qui, ma quale?*, si chiese.

«Meravigliosamente, detective. La natura è immensa e meravigliosa». Non sarebbe scesa in particolari, in parte perché era certa che lui avesse già visto tutto quello che aveva visto lei.

«Mi fa piacere. Ti chiedo solo di non allontanarti troppo. Anche se è un posto tranquillo, potrebbe verificarsi qualche situazione di pericolo». Douglas si sentì bruciare il petto quando vide che la donna emanava un odore di docciaschiuma assieme alla sensualità bella e naturale. Anche se riusciva a vedere il disgusto nei suoi occhi, continuava a desiderarla. Avevano vissuto un unico momento assieme e non era stato abbastanza per liberarlo dal suo desiderio. Forse gli serviva un po' di più. Chissà. Rimasero in silenzio a lungo analizzandosi a vicenda finché lui non si girò per andarsene.

«Lascerò che tu ti vesta e ti riposi un po'. La cena sarà pronta tra un'ora».

Se ne andò e la lasciò a fissare la porta, non sapendo come comportarsi quando si sarebbero rivisti.

CAPITOLO 22

La notte era calda e, per quanto le piacesse usare l'aria condizionata, Veronica preferiva la brezza che aleggiava nell'aria. Seduta sul balcone, osservava l'orizzonte chiedendosi dove potesse essere suo padre in quel momento. Di certo stava soffrendo, e così lei per il fatto di essere lontana, ma doveva comportarsi bene e accettare le regole di quella situazione. Non sapeva neppure cosa stesse accadendo. Tutto le sembrava strano e inconsistente. Si era fidata ciecamente del detective e si era sbagliata su di lui.

Dopo che il silenzio e la notte si erano impossessati di tutto, tornò nella sua stanza, lasciando aperta la finestra così che la brezza potesse entrare e rinfrescare naturalmente la stanza. Poi forse avrebbe potuto addormentarsi subito.

Il sonno non giungeva in alcun modo e, innervosita, si alzò per andare in bagno. Quando scese dal letto e fece i primi passi, vide qualcosa strisciare davanti a lei.

Anche se la luce non era molta, le fu sufficiente per vedere che si trattava di un serpente.

«Oh, mio Dio!» disse, affrettandosi ad andare verso la porta. Il cuore le batteva a un ritmo irregolare e, senza pensare a quello che stava facendo, corse in corridoio, obbligando i suoi occhi a vedere nell'oscurità. Non voleva apparire spaventata di fronte all'uomo nella stanza accanto, ma le gambe le tremavano al punto che mise da parte l'orgoglio e andò in cerca di aiuto. Quando aprì la porta ed entrò, sentì delle mani forti prenderla per la vita e stringerla delicatamente.

«Che succede, Veronica?», chiese Douglas, il respiro affannoso.

«C'è un enorme serpente nella stanza», gli rispose, senza rendersi conto di quanto fossero vicini.

«Ma è tutto chiuso. Come è potuto succedere?» Lui la fissò senza lasciarla andare.

«Non so cosa sia successo. L'unica cosa che posso dirti è che ce n'è uno».

Douglas la spinse da parte e allungò la mano verso l'interruttore. Quando la luce dominò la stanza, Veronica notò che aveva addosso solo l'intimo. L'adrenalina si impossessò del suo corpo, e non seppe più se stava tremando per lo shock o per il fatto di trovarsi di fronte a quell'uomo sexy.

Douglas guardò il minuscolo indumento che le ricopriva il corpo e quasi cedette all'erezione che stava iniziando ad avere. Le forme dei loro corpi si attrassero involontariamente al punto di sporgersi più vicini l'uno all'altro. I loro respiri si fecero irregolari e sentirono che da un momento all'altro si sarebbero baciati, tale era la chimica sospesa nell'aria. Grattandosi la testa come faceva ogni volta che era sotto forte stress, Douglas si allontanò lentamente. Non poteva mettere a rischio i suoi piani. Non in quel momento.

«Hai lasciato la finestra aperta?» La risposta alla domanda fu un rapido cenno affermativo con la testa. «È quello il problema, Veronica. Non puoi farlo. La notte appartiene agli animali e abbiamo bisogno di ritirarci in questo periodo».

«Non credevo che sarebbe successo questo. Sono andata in giro per la casa e non ho visto neppure un animale. In effetti credevo se ne stessero piuttosto lontani, non ho neppure pensato alla possibilità che ne entrasse qualcuno quando ho lasciato la finestra aperta per far entrare l'aria». Era agitata per la sua ignoranza, soprattutto per il fatto di mostrarla di fronte a lui.

«Il condizionatore non funziona?» volle sapere lui.

«Sì, funziona», gli rispose schietta.

«Andiamo! Magari è una brava ragazza e se ne è già andata». Douglas le passò accanto e uscì dalla porta. Lo seguì nella speranza che il serpente fosse ancora nella sua stanza e che lui lo facesse uscire. In quel modo sarebbe stata sicura che non c'era più una volta rimasta sola. Non voleva passare la notte a chiedersi se fosse ancora lì o meno.

Douglas aprì la porta lentamente e quando accese la luce il serpente stava strisciando sulla moquette al centro della stanza.

«Non è pericolosa, Veronica», le disse, cercando qualcosa per portare fuori l'animale.

«E come dovrei fare a saperlo? Non si è portato il manuale delle istruzioni». Si innervosì vedendo un vago sorriso sul volto del detective.

«In effetti, non è neppure un serpente. Si tende a chiamare così tutte le creature simili, ma è un'anfisbena». Douglas sentì un digrignare di denti e poi Veronica emise un "maledizione" che lo fece ridere all'istante. «Rilassati, non sei la prima a diventare isterica trovandosi davanti una di queste».

Anche se Veronica aveva davvero paura dell'animale, che non avrebbe mai creduto non essere un serpente, a causa della somiglianza, la sua maggiore frustrazione fu rendersi conto che anche se avrebbe dovuto odiare quell'uomo che l'aveva rapita senza dire una parola sulle sue intenzioni, era ancora attratta da lui. Il suo corpo fremeva per essere toccato di nuovo dal detective. Era il tormento peggiore in quel momento.

Douglas prese un attrezzo simile a un forcone dal balcone della stanza e raccolse l'animale, portandolo via. Veronica guardò la sua ampia schiena muoversi, mettendo in evidenza i muscoli allenati, e sentì tutti i suoi sensi perdersi come mai prima.

Qualche minuto più tardi, dopo aver controllato l'intera stanza in cerca di altri serpenti o altre sorprese, Veronica si arrese e si sedette sul letto a guardare attraverso la fessura nella porta a vetri che dava accesso all'oscurità della notte al di fuori.

«L'ho lanciata abbastanza lontano da farla andare via. Non c'è bisogno di uccidere un animale innocuo, e che in un certo modo aiuta a mantenere l'ordine nell'ecosistema». Douglas sembrava preoccupato per qualcosa, nonostante un falso sorriso sulle labbra.

«Grazie!», gli disse, guardandolo negli occhi senza distogliere lo sguardo. «Non sono abituata ad avere a che fare con la natura. Tutto qui è davvero nuovo per me».

Qualcosa come una fitta al petto fece indietreggiare Douglas di qualche centimetro da dove si trovava.

«Sta' solo attenta e chiamami se hai bisogno di me. Verrò in tuo soccorso immediatamente».

La voce strozzata non passò inosservata da Veronica.

«Cosa sta succedendo, detective? Finiamola con questo gioco e andiamo avanti con le nostre vite». I suoi occhi luccicavano al punto da ipnotizzarlo come avevano sempre fatto dalla prima volta che l'aveva vista nelle foto.

«Non sai che stai dicendo», le disse, mettendosi le mani nelle tasche dei pantaloncini che aveva indossato quando era andato ad aiutarla.

«Allora dimmelo tu». Veronica si alzò e andò verso di lui. «Dimmi cosa sta succedendo perché non posso sopportare oltre questa incertezza». Era talmente vicina che Douglas riusciva a sentire il suo odore e percepire il calore del suo corpo sotto quell'abbigliamento sottile e tutt'altro che discreto.

«A volte dobbiamo prendere delle decisioni non etiche, Veronica, ma questo non denota una mancanza di carattere. Può solo darsi che siano le circostanze a farcele prendere». Cercò con lo sguardo qualche indicazione di essere sulla strada giusta, ma non riuscì a vedere altro che dolore sul volto di lei. Avrebbe potuto aver fatto la cosa sbagliata per la prima volta in vita sua.

«Bel modo di negare il tuo errore». Veronica si girò e, quando stava per andarsene sapendo che non avrebbe ricavato niente da lui, Douglas la prese per un braccio e la fece girare.

«Quello che è sbagliato per te potrebbe essere giusto per me». Dicendo questo la prese tra le braccia senza incontrare alcuna resistenza da parte sua, e la baciò con trasporto.

Pur sorpresa, Veronica non pensò di ritrarsi. Gli strinse le braccia attorno al collo e accettò con piacere le carezze. I suoi istinti erano al massimo e non aveva intenzione di resistere. Si sarebbe tenuta i rimorsi per dopo.

Il suo tocco dolce e urgente la stimolò ancora di più. Le prese la faccia tra le mani e la baciò teneramente. Voleva quella donna come non aveva mai voluto nessuno. Veronica lo stava facendo impazzire al punto da causare tutta quella situazione che avrebbe potuto avere serie conseguenze, molte delle quali perfino negative. Ma cosa poteva farci quando il desiderio era il suo unico padrone in presenza di quella donna?

Lentamente la spinse verso il letto mentre si baciavano. Anche se qualcosa stava chiedendo a Veronica di non permettergli di andare oltre, il suo corpo fremeva per quello che supponeva stesse per accadere. Aveva bisogno di sentire quell'uomo virile un'altra volta sopra di lei. Aveva bisogno di quel carburante per superare un'altra prova nella sua vita. Anche se sembrava folle per lei fare l'amore con l'uomo che la stava tenendo prigioniera, lo voleva.

Quando si trovarono davanti al letto, il detective la fece stendere lentamente e si stese su di lei, sfiorandole le parti intime sulla pelle sottile e profumata in modo che potesse vedere quello che le stava facendo, quello che stava facendo al suo corpo. Tenendola tra le braccia, la baciò di nuovo, accarezzando con la mano il bellissimo corpo femminile proteso verso di lui, in cerca di altre carezze. Rendendosi conto della sua resa, la baciò con affetto sulla guancia. Sarebbe stato un pazzo a pensare di potersi controllare in presenza di quella donna. Era ovvio che non sarebbe accaduto. Gli serviva solo un cenno positivo da parte sua per perdersi e volerla una volta ancora e quante più volte possibile. Veronica aveva il potere di fargli perdere il controllo e non importava quanto si sforzasse di negarlo, era nudo davanti a lei.

Abbracciandosi, si baciarono con calore e Douglas la fece girare mettendola sopra di lui per rendergli più facile toglierle i vestiti. La aiutò in fretta a liberarsi da quello che gli stava impendendo di assaporare ciò che aveva bramato a lungo in quei giorni.

Quando vide il suo corpo nudo, le fece scivolare le dita lungo la schiena fino a che le raggiunsero le natiche e le strizzarono sul suo membro eretto, facendola gemere.

Veronica non poteva più sopportare quell'ansia e lo aiutò a togliersi i pantaloncini.

Douglas le accarezzò un capezzolo turgido e glielo succhiò mentre accarezzava l'altro con lentezza esagerata per lei, che avrebbe voluto essere posseduta con urgenza.

«Prendimi, ti prego!» Quella richiesta lo portò in paradiso, era proprio quello che aveva voluto sentire. Aveva bisogno di essere certo che lei lo volesse dentro di sé. Non era abbastanza averla lì come la voleva, era anche necessario che lei lo volesse almeno una frazione di quanto lui voleva lei. Senza attendere oltre, la penetrò con calma finché sentì di essere del tutto dentro di lei, e poi con maggiore urgenza mentre le baciava il collo come se avesse avuto sete di lei. Nel suo cuore era esattamente ciò che provava.

Con le gambe intrecciate dietro la schiena di Douglas, Veronica si stava abbandonando al piacere come non aveva mai fatto prima di allora. Avere quell'uomo dentro era per lei un misto di pace, piacere e dubbi infiniti. Quelle sensazioni la possedevano sempre più senza che fosse in grado di evitarle. Lo desiderava più di quanto avrebbe voluto e rifiutarlo era la sua sola certezza.

Dopo che si furono arresi, si stavano ancora tenendo stretti. Douglas non voleva uscire. La dolce umidità di Veronica e il calore del suo corpo erano un elisir che continuava ad alimentarlo. Non era facile vederla che lo voleva e lo odiava con la stessa intensità, ma quando aveva scelto quella strada aveva già saputo che avrebbe potuto accadere e che non ci sarebbe stato modo di tornare indietro, non più.

L'odore mascolino penetrò il naso di Veronica, accendendo il desiderio che cresceva dentro di lei. Douglas era un enigma, ma il suo corpo non sembrava rendersene conto e lo voleva con la stessa forza di quando avevano fatto sesso durante i giorni in cui avevano condiviso il suo appartamento. Tuttavia, all'epoca lui era stato il buono e la stava aiutando. O almeno questo aveva creduto. Ora, però, niente aveva senso e non sapeva più quale fosse stato il vero ruolo del detective in quella faccenda. Una tale incertezza la stressava a sufficienza da farle pensare di fuggire, anche se era sicura che le possibilità di riuscirci fossero davvero minime. Il fatto di sentirsi intrappolata e desiderata dal nemico la turbava immensamente, e aveva bisogno di risolvere quell'enigma prima possibile. Ma come?!

Douglas si mosse dal letto e uscì da lei lentamente. Veronica sembrava essere ancora addormentata e avrebbe colto quell'occasione per andarsene. Non sapeva come avrebbe reagito dopo che avevano saziato il proprio reciproco desiderio. Nel dubbio, scelse di non guardarla in faccia. Sarebbe rimasto col dubbio, cosa che lo infastidiva, ma era la cosa migliore perché i suoi piani non venissero meno.

Dopo che se ne fu andato, Veronica si risistemò sul letto. Si era irrigidita nell'attesa di quello che Douglas avrebbe fatto e, quando si era resa conto che stava preparandosi ad andarsene, una testarda lacrima le era scesa lungo la guancia. Era del tutto perduta, sia fisicamente sia emotivamente. Stava iniziando a essere alla mercé di quello sconosciuto e non sapeva neppure perché, tali erano le tempeste che oscuravano la sua vita in quel momento. Girandosi verso la parete, abbracciò la coperta e si addormentò tentando di trattenere i singhiozzi.

CAPITOLO 23

Douglas attese ansioso che Veronica entrasse dalla porta della cucina. Il suo caffè era già freddo, e non ne aveva bevuto neppure un sorso. Era troppo in apprensione e lei non lo stava aiutando affatto col suo ritardo. Quando sentì un passo lieve avvicinarsi, si portò lentamente la tazza alle labbra. Il liquido freddo non gli diede piacere, ma finse di assaporarlo non appena lei entrò e gli si sedette di fronte. La governante che lo aveva guardato per un po' si avvicinò e le versò un po' del liquido fumante, cosa di cui lei la ringraziò con discrezione. Dopo averla servita, la signora li lasciò soli. Sapeva che avevano qualcosa di cui discutere e non voleva mettersi in mezzo.

«Come hai passato la notte? Hai notato niente di strano dopo che me ne sono andato?», chiese Douglas mentre tamburellava lentamente con le dita sul tavolo nel tentativo di placarsi i nervi.

«Sono stata benissimo, grazie! E non ho sentito niente di strano», gli rispose lei a bassa voce, poi prese una fetta di formaggio e iniziò a mangiare in silenzio.

«Splendido!», commentò lui rendendosi conto che aveva posto fine alla conversazione. Era snervante non avere una posizione più precisa da lei, ma non avrebbe insistito fino a quando non fosse stato davvero necessario.

Mangiarono in silenzio e dopo il pasto Douglas se ne andò con la scusa di dover sistemare il fienile che aveva costruito perché gli uccelli potessero trovare rifugio in caso di tempesta. Una scusa stupida, ma sufficiente per potersene andare senza causare ulteriore imbarazzo tra loro.

Veronica lo guardò allontanarsi e andò dritta in spiaggia per rinfrescarsi un po' le idee. A una certa distanza dalla casa, il sentiero era costituito da un sottile strato di ghiaia e poi solo sabbia scura marcava il percorso circondato da rampicanti fino alla spiaggia. Quando arrivò, lasciò i sandali accanto a una piccola roccia e camminò a piedi nudi sulla fine sabbia dorata della costa. Quel giorno il sole era clemente, cosa che contribuiva al morbido calore della sabbia che le si irradiava nelle dita portandole immenso piacere e sollievo. Camminando lentamente, scalciava la sabbia davanti a sé come aveva fatto a volte quando era stata al mare con la sua famiglia da bambina. Quando si avvicinò al punto in cui si infrangevano le onde, si stese sulla spiaggia, sentendo sulle punte dei piedi l'umidità dell'acqua che arrivava. Con le braccia aperte, si lasciò trasportare dalla pacifica sensazione di quel luogo deserto mentre il vento le sollevava la gonna e le accarezzava le gambe. Dopo esser rimasta qualche secondo con gli occhi chiusi, li aprì per vedere l'immensità blu davanti a lei. Tutto era bellissimo e magico lì. Era un peccato trovarsi in quel paradiso in simili circostanze. Di nuovo, le sorse il desiderio di andare via da lì, ma quando sentì l'acqua salire e arrivarle alla vita, fredda e rinvigorente, sorrise sentendosi raffreddare da quel tocco gelido. Quella bella sensazione presto svanì, e allora rivolse la sua attenzione al passato. Non voleva ricordare sua madre, ma non sarebbe stato possibile. Sapeva che una cosa del genere non avrebbe mai potuto ottenerla, ma cercava di pensare a lei il meno possibile, dato che Valquíria di certo stava facendo lo stesso. *Come potrei sapere se si sta godendo i soldi che ha ottenuto rapendo la sua stessa figlia?*, si chiese. Neanche quello aveva più importanza. Sperò che facesse buon uso di quella somma e lasciasse in pace lei e suo padre. Oh, suo padre! Un'immensa nostalgia si impossessò di lei, e pianse da sola lì nell'immensità di quelle bellezze naturali.

Qualche minuto dopo il breve sfogo, di nuovo si sentì invasa dal freddo dell'acqua, e stavolta l'onda fu più violenta e le arrivò fino al collo, facendola sorridere per la soddisfazione che provò. Sollevandosi, si mise a sedere e incrociò le gambe, sentendo i capelli che le gocciolavano dietro la schiena. Alla sua destra, una grande roccia sorgeva maestosa, assottigliandosi verso la punta. Da dove si trovava, riusciva a vedere in lontananza le rocce sotto le acque cristalline dell'Atlantico, che decoravano l'universo acquatico con le loro forme astratte. Sembrava che non molti animali acquatici amassero mostrarsi a un pubblico lì, ma di certo nelle profondità la vita si stava moltiplicando, e se non fosse stata una pessima nuotatrice avrebbe cercato di esplorare gli abissi di quel piccolo regno sottomarino.

Non si rese conto di quanto tempo rimase lì a sentire e guardare le onde andare e venire. Quando si alzò per andarsene, trovò una piccola pietra che assomigliava a un cuore. La prese e dopo essersi scrollata i capelli e la gonna lunga entrò in acqua vicino alla spiaggia per eliminare il resto della sabbia. Poi se ne andò per tornare al luogo della sua prigionia. Il rientro fu più allegro e pacifico. La freschezza dei vestiti bagnati e l'odore della natura le diedero maggiore energia, cosa che si vide anche nella sua espressione, che cambiò solo quando fu vicina alla casa e notò che Douglas stava guardando con impazienza nella direzione verso cui se ne era andata. Si avvicinò a sufficienza da sentirlo digrignare i denti quando si rese conto che era bagnata.

«Che hai cercato di fare, Veronica?», le chiese impaziente.

«Di che stai parlando, detective?», volle sapere lei, senza capire la ragione della sua collera.

«Sei tutta bagnata», si giustificò lui, rendendosi conto che non le era piaciuto il tono della sua voce.

«Non sapevo fosse proibito entrare in acqua», gli rispose passandogli oltre.

Lui la seguì, cercando segni che avesse tentato di allontanarsi a nuoto.

«Certo che puoi. Solo fammi sapere da che parte stai andando. Anche se questo è un posto tranquillo, non ti è familiare e potrebbe essere pericoloso».

«Se sei tanto preoccupato per me perché non mi riporti a casa e non scompari per sempre dalla mia vita? Oh! So perché non lo fai. Valgo troppo».

Douglas sentì una fitta acuta al petto e il suo orgoglio fu ferito, ma preferì restare in silenzio.

Questo non fece che confermarle quello che aveva supposto, e le fece ancora più male.

«Fatti una doccia, il tuo pranzo è nel microonde, Joana è dovuta andare via oggi e non tornerà prima di sera».

Quell'annuncio non le fece piacere. Restare sola con Douglas non sarebbe stata una buona idea. Avrebbero potuto combattere fino alla morte per il dolore che provava a causa sua, o avrebbero potuto fare di nuovo l'amore finché i loro corpi non avrebbero più potuto sopportarlo. La seconda opzione non le passò neppure per la mente. La prima avrebbe potuto essere una buona idea.

«Perché non cogli l'occasione per andartene anche tu, così non dovrò vederti per le prossime ventiquattr'ore?»

Anche se non le piaceva maltrattare la gente, si sentiva un po' meglio a farlo con il detective. Aveva bisogno di dare sfogo alle sue emozioni e, dato che era Douglas la causa dei suoi problemi, era giusto che la stesse a sentire.

«Magari non sono andato perché sapevo che non saresti sopravvissuta a lungo in un luogo come questo senza nessuno».

Le sue parole la colpirono duramente. Avrebbe dovuto ricordarsi di non chiamarlo la prossima volta che avesse avuto paura di qualcosa.

«Mettimi alla prova. Non mi conosci, proprio come io non conosco te», disse calma, e se ne andò senza aspettare una risposta. Aveva un gran bisogno di una doccia fredda. Era in collera con quell'uomo e con sé stessa per essersi permessa di restare coinvolta con lui.

Dopo la doccia, preferì restare da sola nella stanza da letto. Dato che c'erano solo lei e Douglas sull'isola, non voleva correre il rischio di stare vicina a lui. Avrebbe potuto tradirsi di nuovo e quella era l'ultima cosa che volesse in un giorno che era iniziato così bene per lei. Con un sorriso sulle labbra, si sdraiò sull'amaca sul balcone della sua stanza e rimase lì per il resto del pomeriggio a godersi lo splendido panorama. Dalla sua finestra era possibile vedere parte della spiaggia, che si curvava formando una mezzaluna. La sabbia gialla su cui era stata distesa ore prima era circondata dalla grande immensità dell'acqua che a volte toccava la spiaggia senza sosta, bagnandola e cambiandone il colore per qualche secondo fino a quando non veniva assorbita e la sabbia tornava al suo solito colore. Da dove si trovava era anche possibile avere una vista migliore delle rocce sotto l'acqua, che si mostravano come chiazze scure di varie dimensioni, dando l'impressione di formare un sentiero di pietre allineate.

C'erano molti alberi attorno alla grande spiaggia deserta, che si raggruppavano fino a sparire alla vista, proprio come facevano le acque cristalline, dando l'impressione che tutto il resto fosse costituito solo da quel liquido trasparente pieno di storia e di misteri. Guardando verso l'oceano, si immaginò a fare una passeggiata subacquea con qualcuno che la amava, sentendo la corrente e i pesci passarle attorno al corpo mentre parlava al suo amato col linguaggio dei segni dichiarandosi tra le creature dell'oceano. Una sensazione nel cuore le diceva che non sarebbe successo, perché quel posto era già segnato da lei e Douglas e avrebbe preferito non tornarci. Non sarebbe stato lo stesso dopo aver diviso quello spazio col detective, mai.

La brezza le toccò delicatamente il volto fino a quando si arrese e si addormentò.

Alla fine della giornata, rimase nella sua stanza a leggere fino a tardi. Il sonno non sembrava giungere dopo che aveva dormito nel pomeriggio, anche se il suo corpo era stanco per la lotta che stava avendo dentro di sé.

Douglas era seduto inquieto sul portico anteriore della casa a guardare il giorno che iniziava. Veronica non si era fatta vedere né a pranzo né a cena. Aveva mangiato da solo. L'aveva vista prendere solo della frutta. Se aveva fame, sapeva dove andare. Purtroppo per lui, non riusciva a sentire niente dalla sua stanza attraverso la parete che li separava. Sembrava troppo silenziosa ed era una cosa preoccupante. Se avesse cercato di scappare, probabilmente sarebbe morta. Non sarebbe riuscita a raggiungere un'altra isola prima che un crampo o chissà cosa le impedisse di proseguire. L'avrebbe tenuta d'occhio, e se fosse giunto alla conclusione che era in pericolo avrebbe rinunciato ai suoi piani e l'avrebbe lasciata in pace. Il suo desiderio non era più una priorità, lo era ciò che era meglio per lei. In silenzio si lasciò trasportare dal canto della natura e rimase lì fino alla fine della giornata, quando la governante tornò con la spesa che era andata a fare.

Il proprietario di un supermercato locale nell'area dei turisti era un suo amico e gli faceva il favore di andare a prendere e riaccompagnare Joana. Douglas credeva che quella sarebbe stata una delle poche volte in cui le sarebbe stato necessario lasciare la casa. Erano pieni di cibo, e inoltre non intendeva restare sull'isola più del necessario, o supporre che fosse sicuro per Veronica. Non era sua intenzione affidarsi al tempo, ma piuttosto ai fatti che gli avrebbero chiarito cosa fare e come farlo al momento giusto.

CAPITOLO 24

Era notte quando Veronica fu svegliata dagli uccelli che si posarono sugli alberi vicini, facendo chiasso e indicando che era ora di ritirarsi. Dopo essersi goduta il loro canto per qualche minuto, si alzò dall'amaca e andò a farsi una doccia per liberarsi del calore e della stanchezza. Non era abituata a non fare nulla per tutto il giorno e il suo corpo sembrava starsi arrendendo a quello stile di vita sedentario, il che era un male.

Quando andò in cucina, Joana stava preparando da mangiare e la accolse con un sorriso, offrendole delle leccornie che aveva portato. Grata, prese una fetta di torta e la mangiò. Aveva fame perché non aveva mangiato bene in assenza della donna.

Quando Douglas emerse dalla porta, venendo dall'interno della casa, Veronica abbassò la testa per evitare di guardarlo. Senza alcun imbarazzo lui le si avvicinò e si sedette accanto a lei, prendendo una fettina di torta a sua volta.

«Non voglio che tu smetta di andare a passeggiare ogni volta che vuoi, ti chiedo solo di stare attenta».

Lei alzò la testa e lo guardò nel profondo degli occhi.

«Non preoccuparti se mi succede qualcosa. Magari non avranno modo di dare la colpa a te».

Douglas la guardò serio senza distogliere gli occhi dai suoi.

«Se ti succedesse qualcosa, sarebbe la punizione eterna per me». La sua voce sembrava pesante e Veronica deglutì con forza. Stava vedendo qualcosa che non esisteva, o era davvero commosso da quello che stava dicendo?

Dei ricordi confortanti le tornarono alla mente mentre tentava di allontanare lo sguardo dai suoi occhi. Il giorno in cui le aveva parlato al telefono mentre era tenuta prigioniera. Il momento in cui la stava portando via dopo che l'avevano liberata. Gli sguardi che si erano scambiati mentre condividevano l'appartamento e, infine, quando aveva fatto l'amore con lei lì. Niente di tutto ciò corrispondeva alla situazione di quel momento. Qualcosa stava andando al suo posto, ma cosa? *Perché il detective che mi ha aiutata ora mi sta tenendo prigioniera? È davvero solo per i soldi?*, si chiese. Si guardarono a vicenda ancora per un po' fino a quando Douglas si alzò a prendere un bicchiere d'acqua, poi tornò con la fronte aggrottata. L'atmosfera tra loro era tornata normale.

«Fa molto caldo qui in questi giorni», le disse prima di alzare il bicchiere e berne tutto il contenuto.

«Ho qualche possibilità di parlare con mio padre?» gli chiese, certa che non le sarebbe piaciuta la risposta.

«No». Lui fu molto schietto e non le lasciò spazio per protestare. Non poteva sopportare di vederla soffrire più di quanto non stessa già facendo.

«Allora facciamola finita, per favore», chiese lei, non sapendo bene se volesse farla finita o allontanarsi da lui finché era ancora in tempo per salvarsi.

«Ci sto provando», rispose lui, guardando quelle bellissime labbra femminili curvate per il dispiacere per il suo rifiuto.

Un buon profumo invase la stanza quando Joana aprì le pentole e annunciò che il pranzo era pronto.

«Serviti. Devi avere fame, non hai mangiato niente per tutto il giorno». Quel commento la prese un po' alla sprovvista.

Si alzò e si servì con la sensazione di avere quell'uomo dietro le spalle. In silenzio riempirono i loro piatti con quello che volevano e si sedettero di nuovo faccia a faccia. Mangiarono senza parlare e rimasero lì qualche altro minuto: nessuno dei due faceva il passo di alzarsi.

«Perché l'hai fatto?» Veronica voleva sapere cosa l'avesse portato a cambiare schieramento.

«Ho dovuto».

Una volta ancora, la sua risposta vuota la fece infuriare.

«Che vuol dire? Hai dovuto rapirmi e imprigionarmi, è così? Cosa ti ha portato a comportarti così, detective? Dimmelo, oppure non vuoi parlare di questioni finanziarie con me e vuoi andare direttamente alla fonte, mio padre?» Ferita a causa sua e di quello che provava quando ce l'aveva vicino, Veronica gesticolava con furia.

«Magari quando lo saprai capirai, oppure solo non vorrai rivedermi mai più. Non so quale sarà la tua reazione, ma non si tornerà indietro. Ora devo andare fino in fondo».

Veronica si sporse sopra il tavolo per avvicinare la faccia alla sua.

«Non potrei mai capire il fatto che un uomo che salva una donna da un rapimento e la aiuta con un altro di colpo la prenda in ostaggio. Per non menzionare il fatto che…» Non poté finire la frase, Douglas la baciò sopra il tavolo tenendola per la nuca.

Presa di sorpresa, Veronica rimase immobile per alcuni secondi a guardare il bel viso davanti a sé. La stava baciando, e con passione travolgente. *Ma come è possibile?*, si chiese prima di arrendersi al suo fascino.

Dimenticando dove si trovavano, si baciarono intensamente, mentre Douglas le accarezzava il collo con una mano e con l'altra sosteneva il proprio peso sul tavolo. Avrebbe voluto quella donna per sé sempre di più e non poteva permettere che il suo piano fallisse, non ora che avrebbe potuto averla tra le braccia come aveva desiderato mentre progettava un modo per avvicinarsi a lei. Veronica doveva essere sua e non l'avrebbe lasciata andare finché questo non fosse stato confermato.

Inebriato dalla passione, girò velocemente attorno al tavolo e si impossessò di nuovo della sua bocca. Questa volta erano in piedi e i loro corpi si fusero l'uno all'altro facendo emergere il desiderio che avevano assaggiato la notte precedente. Si scambiarono baci e carezze finché, esausti, si separarono.

«Non farlo mai più, per favore», chiese Veronica, correndo fuori dalla stanza con gli occhi pieni di lacrime e lasciandosi alle spalle il dolore e l'incertezza sul volto di Douglas.

Quella notte, la ragazza non riuscì a chiudere occhio per quanto ci provasse. Il suo corpo fremeva di desiderio per il suo rapitore, e la sua coscienza la accusava duramente per aver permesso a sé stessa di essere conquistata da quella passione incontrollabile. Come poteva accaderle una cosa simile? Innamorarsi della persona responsabile della sua scomparsa? *Perché?*, si chiese nel buio della stanza.

A un certo punto, sentì lo scricchiolio della porta che si apriva e il suo cuore accelerò al punto che credette le sarebbe saltato fuori dal petto da un momento all'altro. Non ricordava di aver chiuso la porta e ora sarebbe stata alla mercé di quell'uomo e del suo stesso desiderio che le faceva ardere l'intero corpo, sconfiggendola. Passi lenti si avvicinarono e, quando pensò che Douglas stesse per toccarla, notò che si era ritratto appena. Riusciva a sentire il suo respiro, che la eccitò ancora di più. Anche lui era dominato dal desiderio, ne era sicura.

Douglas guardò il corpo immobile sul letto e si sentì più sollevato. Aveva avuto un breve sogno su Veronica in cui lei tentava di fuggire e veniva portata via dalla forza delle correnti oceaniche, lasciandolo impotente sulla spiaggia. Guardandola vide che stava bene, cosa che alleviò la sua paura di perderla. Se ne sarebbe andato molto lentamente in modo da non disturbarla. Mentre si voltava si sentì un tuono, e un lampo illuminò per un attimo la stanza. Temendo che il rumore l'avesse svegliata, Douglas si girò per guardare il letto e fu sorpreso di vederla appoggiata alla testiera a guardarlo.

Quella vista lo lasciò senza fiato per qualche secondo. Di nuovo, proprio come nel suo sogno, si sentì debole e incapace di lasciare quel posto. Sembrava essere ipnotizzato dalla donna che lo guardava con quegli occhi luminosi carichi di promesse. Quando fu in grado di muoversi, prese la direzione opposta a quella che aveva scelto inizialmente. Contro ogni buon senso, si avvicinò a lei e si sedette accanto alla testiera, dove rimase senza cambiare espressione. Allontanando la paura di essere respinto, le toccò il viso e ricevette da lei un segnale positivo quando si sporse accettando la sua carezza. Avvicinatosi, scostò il lenzuolo con cui si era coperta e le si stese accanto. Voleva sfruttare al massimo quel momento magico che stavano vivendo. Quando lei si stese, la trasse a sé e sentì la durezza dei suoi seni turgidi contro il proprio petto. Veronica gli mise le mani attorno al collo e spinse le parti intime tra le sue gambe virili, sentendo l'erezione già avanzata che le premeva contro la coscia.

«Ti voglio così tanto, Veronica».

Quando lo sentì pronunciare il suo nome in tono tanto addolorato, lei emise un lieve gemito. Anche lei sapeva che il desiderio era reciproco e non aveva altra scelta che arrendersi a quella sensazione.

«Non so perché, ma anch'io ti voglio», rispose a bassa voce.

Di nuovo si abbandonarono alla passione e si amarono l'un l'altra con la stessa intensità delle volte precedenti. Veronica non sapeva se il luogo o il modo in cui si stavano incontrando avesse parte nel rendere quell'atto completo e piacevole, ma era del tutto certa che le piaceva fare l'amore con Douglas e non voleva pensare a nient'altro. Per lei era sufficiente per andare avanti fino a quando tutto sarebbe stato risolto.

Si strinsero per qualche altro istante come buoni amanti, poi si separarono storditi dalla loro resa ardente e condivisa. Stava diventando sempre più difficile guardarsi dopo l'amore.

Douglas rimase nel letto. Non se ne sarebbe andato come se niente avesse avuto importanza. Le avrebbe dimostrato le sue intenzioni e, se lo avesse respinto, non avrebbe avuto altra scelta che accettarlo e rinunciare al gioco, ma fino ad allora avrebbe fatto la sua parte per non perderla.

Veronica rimase immobile. Non aveva il coraggio di rischiare di muoversi e toccarlo ancora. Era insicura e preoccupata. Stava venendo tenuta prigioniera e la parte peggiore era che la persona responsabile era l'uomo per cui aveva una cotta sempre più forte. Aveva bisogno di chiedere la fine di quel tormento o si sarebbe ritrovata del tutto nelle sue mani.

Quando il sole sorse, Douglas decise di scendere dal letto. Veronica stava dormendo da un po' e, anche se aveva tentato di avvicinarsi, lei l'aveva respinto e questo gli aveva reso difficile procedere. Aveva più paura di un rifiuto di quanto avesse pensato. Ma doveva continuare a procedere. Il suo tempo stava finendo. Certo di cosa fare ma non altrettanto sicuro di sé, andò nella sua stanza e, dopo essersi fatto una doccia, cercò di dormire un po'. Quella notte era stata sfiancante. Aveva combattuto contro le sue stesse paure e il desiderio di possedere quella bellissima donna una volta ancora.

CAPITOLO 25

Dal momento in cui si erano innamorati, Veronica non aveva più permesso a Douglas di avvicinarsi a lei. Dato che la ragione per cui si trovava lì era essere una prigioniera, non c'era alcun motivo di alimentare quella passione. Avrebbe cercato di comportarsi bene fino alla fine di quel dolce tormento, ma non avrebbe più permesso alcun legame tra loro. Era sicura che fosse la cosa migliore per lei, e l'avrebbe perseguita senza fallo.

Un pomeriggio, quando Douglas andò a offrirle un succo di frutta, lo accettò ringraziandolo per il sollievo dalla calura di quei giorni e si spostò dal lato opposto della casa per mantenere la distanza che desiderava avere. Douglas la guardò in silenzio. Il suo tempo era finito e già si sentiva sconfitto per conto proprio. Avrebbe accettato qualunque cosa lei avesse imposto. Non c'era molto da fare. Anche se la sua intenzione era di dichiararsi e mettere tutto in chiaro, sapeva che questo non sarebbe stato di alcun aiuto. Lei non aveva bisogno di conoscere le sue ragioni per accettare il loro legame. Avrebbe dovuto farlo di sua volontà, e ogni giorno che passava sembrava sempre meno probabile che accadesse.

Quella notte, controllò se ci fossero chiamate sul suo cellulare, l'unico che aveva e che era sempre tra le sue mani per ogni eventualità, ad esempio per quando giunse una specifica chiamata. Non voleva dover rispondere e rinunciare a tutto quello che aveva progettato ma, non avendo alcuna alternativa rimasta, lo fece.

«Pronto! Sì, stiamo bene. Non deve preoccuparsi. Credo che sarà finita presto».

Scese il silenzio e, dopo aver sentito qualcosa dall'altra parte, proseguì: «Non è successo come mi ero aspettato. Sì, non ha collaborato molto, quindi sono sicuro che dovremo cambiare piani e finirla presto. Non credo che sarà d'aiuto. Grazie di tutto».

Veronica, che si era avvicinata prima, era da quelle parti e sentendolo provò una fitta acuta in gola. Ora tutto era confermato. Anche se qualcosa dentro di lei insisteva che lui non sarebbe stato in grado di rapirla, quella conversazione non le aveva lasciato alcun dubbio. Devastata, andò nella sua stanza senza più ascoltare e non ne uscì fino a quando non giunse il giorno successivo. Quando si alzò presto, prese il caffè con l'intenzione di andarsene prima che Douglas si fosse svegliato, ma il tempo cambiò in fretta e il cielo si scurì. Ben presto si alzò il vento e piccole gocce di poggia iniziarono a cadere. Tornata nella sua stanza, andò sul balcone per guardare la tempesta in avvicinamento.

La pioggia iniziò a cadere sull'intera isola e si unì al vento per creare una fitta nebbia che coprì parte della visuale della natura. Veronica si sporse dalla ringhiera e guardò in lontananza nel tentativo di memorizzare quel piccolo posto bellissimo nel mezzo dell'Atlantico dove si era trovata perduta ma anche davvero viva, come mai prima. Gli alberi si piegavano in basso per la forza del vento ma erano talmente robusti da non permettergli di sconfiggerli, perciò andavano avanti e indietro come se stessero giocando con la tempesta piuttosto che esserne intimiditi. E così avrebbe dovuto fare lei, rifletté triste, ma non poteva comportarsi in quel modo con Douglas. Non dopo quello che avevano vissuto assieme in quel paradiso.

Nella stanza accanto, Douglas era consapevole che Veronica stava guardando la tempesta all'esterno. Avrebbe voluto sapere cosa le stesse passando per la testa in quel momento, e soprattutto nel cuore. Ci sarebbe stata una possibilità per lui un giorno, o avrebbe dovuto accettare la sconfitta e lasciarla in pace? Tutto ciò che aveva erano domande senza risposta fin da quando aveva visto quei gentili occhi luminosi guardarlo da quella foto incorniciata in casa sua. Ben presto tutto sarebbe finito e lei non avrebbe più dovuto vederlo. Questa consapevolezza gli feriva il cuore. Sperava che lei almeno lo avrebbe capito, un giorno.

La tempesta infuriava ancora quando Veronica lasciò il balcone. Era esausta per la grande quantità di energia che aveva speso a riflettere sulla sua vita e sugli ultimi eventi. Aveva bisogno di riposare e sperare che il giorno dopo sarebbe stato meno stressante e forse più rivelatore.

Quella notte, si svegliò diverse volte a causa di incubi senza fine, fino a quando cadde in uno di essi, apparentemente incapace di tornare alla realtà. In quel particolare incubo, vedeva Douglas avvicinarsi con una pistola e puntargliela al cuore, chiedendole di seguirlo con un cenno della testa. La sua espressione cupa e gelida le causava grande tristezza. Mentre avanzava spinta da qualcosa di freddo contro la schiena, riusciva a sentire il suo tocco dall'altro lato del corpo. Lo stesso gesto gentile e affettuoso che riusciva a ricordare dei momenti in cui avevano fatto l'amore. Un misto di piacere e angoscia si impadroniva di lei. Raggiungeva un luogo meno illuminato e si rendeva conto che c'era un altro uomo al centro della strada ad attenderla. Anche da lontano riusciva a vedere che anche quello era Douglas, ma non aveva armi e sembrava essere lì per salvarla. La sua espressione seria e concentrata era illuminata da poco più del bagliore delle luci della città. Lei temeva per la sua vita e quella dell'altro uomo che la guardava con tenerezza e passione. Aveva il corpo dolorante ma si manteneva dritta e, proprio quando credeva di stare per essere ferita dal lato oscuro del detective, questi estraeva la pistola e sparava all'uomo davanti a lei. Terrorizzata, correva da lui e urlava prendendolo tra le braccia, rendendosi conto che la morte lo stava portando via per sempre.

«Veronica, svegliati!»

Sentiva qualcuno che la chiamava da lontano prima di stringerlo e sentire che il suo cuore si fermava lentamente. Abbracciandolo, si gettava su di lui e sentiva una mano che la scuoteva senza sapere da dove arrivasse.

«Ti prego, non morire», stava dicendo quando una luce la abbagliò.

«Che è successo?», le chiese Douglas, terrorizzato per la sofferenza sul suo volto. Vedendo quel corpo fragile scosso dal pianto davanti a lui lo lasciò devastato. L'avrebbe portata via il giorno dopo. Non poteva più andare avanti in quel modo. I suoi piani non avevano più importanza. Veronica era la sua priorità.

«Perché deve essere così?», chiese lei piangendo. «Perché, Douglas?»

Lui si sforzò di deglutire e si rese conto di quello che voleva dirgli, ma non aveva una risposta. Niente altro aveva importanza. Desiderando avere il suo amato corpo per l'ultima volta, la baciò, sentendo che quella era davvero la fine.

Si baciarono fino a quando lui le tolse e si tolse i vestiti e la possedette senza parole o promesse. Tutto quello che voleva era terminare il ciclo nel modo più perfetto possibile. Una dedica al fatto che non l'avrebbe mai più avuta tra le braccia.

Mentre usciva dalla stanza nel mezzo della notte, le accarezzò delicatamente i capelli.

«Ti amo, Veronica!»

CAPITOLO 26

La mattina dopo, Veronica non trovò Douglas nel suo letto, né lo vide in giro per la casa. Era scomparso, portandosi dietro l'ultimo briciolo di speranza che lei aveva avuto. Svegliarsi e vedere i segni dell'amore sul suo corpo e sulle lenzuola la devastò. Come poteva reagire così a un uomo che la vedeva solo come un bene materiale? Non riusciva a capire sé stessa. Ogni volta che lui le si avvicinava, qualcosa la spingeva verso di lui in modo tale che non poteva sfuggire fino a quando non si era arresa del tutto.

Dopo aver mangiato, andò di nuovo in spiaggia e vi rimase per tutta la mattina tentando di sfuggire al detective e a sé stessa. Seduta su una grande roccia, guardò le onde che si infrangevano sulla spiaggia e desiderò di non essere mai stata lì. Avrebbe voluto non aver mai desiderato Douglas, e non aver mai voluto essere posseduta da lui. Un dolore crescente si impadronì di lei per il modo in cui si comportava in sua presenza e per il fatto che lui fosse tanto meschino da considerarla un prodotto. La collera la colse e tornò con decisione alla casa con l'intenzione di intimargli di porre fine a quel rapimento prima possibile.

Mentre si avvicinava, fu sorpresa nel vedere che c'erano delle persone che parlavano con Douglas sul davanti dell'edificio, e quando la vide lui le sorrise in modo discreto e incerto. Gli si avvicinò per guardarlo negli occhi.

«Ehi!», la salutò una donna che indossava abiti simili a quelli degli altri presenti.

«Buongiorno!», le rispose, e diede anche un'occhiata agli altri, notando che sembravano amichevoli.

«Loro sono dei ricercatori, Veronica, e sono venuti qui per fare alcune domande». Quando Douglas la vide avvicinarsi, i suoi piani andarono in frantumi. Si era pentito di aver chiamato quelle persone per parlare di un progetto che aveva in mente ma di certo non sarebbe mai riuscito a mettere in pratica. La sua unica intenzione era stata portare lì quelle persone per dare a Veronica la possibilità di andarsene senza che dovesse portarla via lui, perché non sarebbe stato in grado di farlo. E ora era ancora più sicuro di non volere che se ne andasse. Ma l'errore era già stato commesso, e dalla luce negli occhi di lei sembrava che avesse abboccato l'esca, per il suo dispiacere.

«Come le abbiamo detto, signor Fernandes, lei e la sua socia dovrete contattarci per altri dettagli su questo studio e la possibilità che il progetto venga implementato senza causare danni all'ambiente, perché come sa la vostra isola è remota e quello che facciamo qui potrebbe interferire molto con l'area circostante, cosa che non può essere ignorata»..

«Sì, ne siamo consapevoli, quindi lavoreremo ancora alla nostra bozza e vi ricontatteremo. Vi andrebbe altro caffè?», chiese cercando di ritardare quello che sarebbe successo.

«Preferiremmo un po' del succo di frutta che ci ha offerto prima. Fa caldo e qualcosa di rinfrescante sarebbe meglio per riprendere il nostro viaggio», rispose il ricercatore.

Tutti stavano aspettando i loro succhi quando, nell'impeto dell'eccitazione per poter andare via da lì, Veronica si rivolse alla ragazza.

«Dove andrete da qui?», chiese con voce debole, guardando Douglas da sopra una sua spalla. Sembrava paralizzato. Dato che non lo aveva mai visto con una pistola, di certo non ne aveva una a portata di mano, e lei sarebbe potuta andare con quegli studiosi con la scusa di dover andare in una delle città di Noronha. Aveva la borsa e la carta di credito con sé, solo il cellulare le era stato portato via, quindi quando sarebbe tornata alla civiltà non le sarebbe stato difficile tornare a casa. Sperava che sarebbe stato facile come si vedeva nei film.

«Andremo a Vila Dos Remédios e non abbiamo problemi a darle un passaggio. Abbiamo parecchio spazio sulla barca. Da lì io andrò a Recife e possiamo dividere la spesa. Che ne pensa?»

Troppo perfetto, pensò Veronica.

«Sarebbe ottimo per me. Se per te va bene, Douglas. Così non dovrai preoccuparti di accompagnarmi».

Si guardarono l'un l'altra con dolore negli occhi.

«È un'idea eccellente, Veronica», assentì lui con un mezzo sorriso.

«Allora verrò con voi, datemi un minuto e tornerò subito».

Si affrettò ad andarsene prima che fosse troppo tardi. Prese solo la borsa con i suoi averi e corse in soggiorno prima che qualcosa le impedisse di andarsene.

«Sono pronta quando volete».

Si sedette più lontana possibile da Douglas e attese che prendessero gli ultimi appunti.

«Niente bagagli?», chiese uno degli uomini. «Deve insegnare ad Ana Rita come farlo. Lei riempie la barca solo con i suoi».

Tutti sorrisero ma solo lei e Douglas sapevano il motivo per cui non aveva valigie.

«Beh, non starò via a lungo e ho dei vestiti miei dove andrò», spiegò.

«Bene, allora andiamo. Non si preoccupi, signor Fernandes, porteremo la sua ragazza sana e salva a Recife». La donna non aveva notato la tensione tra loro.

«Mi fa piacere saperlo». Douglas le si avvicinò e la abbracciò. «Buona fortuna!», le augurò prima di darle un leggero bacio sulle labbra.

Veronica seguì gli altri senza guardarsi indietro. Non salutò neppure l'amichevole governante, credendo che sarebbe stato rischioso farlo. Anche se aveva percepito che Douglas sembrava molto calmo e stava fingendo di accettare la sua partenza, fu in grado di calmarsi solo quando mise piede sulla barca e quella iniziò a partire. Una sensazione di libertà e di rimorso si impossessò di lei al punto in cui non fu in grado di godersi il bellissimo viaggio verso il piccolo villaggio in cui la sua vita sarebbe ricominciata.

CAPITOLO 27

«Come è possibile che sapessi tutto, papà?», chiese Veronica perplessa quando arrivò a casa e si rese conto che tutto sembrava normale come il giorno in cui era uscita per andare al lavoro e non era tornata.

«Figliola, tu eri l'unica a non aver notato di essere completamente innamorata. Io sono un uomo all'antica e sono stato in grado di notarlo non appena siamo saliti su quell'auto e siamo andati in ospedale, dopo che ero stato liberato. Poi ho parlato con il detective e lui mi ha confermato che avevate avuto qualcosa di più intimo, ma che non sembravi interessata. Temevo che ti saresti lasciata sfuggire la tua possibilità di trovare l'amore e quindi l'ho spinto a fare qualcosa. Solo non pensavo avrebbe fatto qualcosa di così stravagante», le spiegò lui sorridendo per l'espressione perplessa della figlia. «Ma dato che ho un istinto romantico nel profondo dentro di me, ho poi trovato molto onorevole che volesse rapirti e portarti su un'isola dove avreste potuto stare da soli e vedere che l'amore era negli occhi di entrambi. Lui voleva solo essere sicuro che lo amassi, figliola».

«Non può essere vero. Che sciocca a credere che mi avesse rapita. Papà, ho pensato fosse un criminale quasi per tutto il tempo», disse, abbattuta da quella rivelazione.

«Sembravi decisa a lasciare la situazione com'era, figliola. Preferivi fingere che tra voi non fosse successo nulla. Questo lo ha reso incerto quando gli ho detto che pensavo fossi davvero innamorata di lui. Io ti conosco bene, forse anche meglio di te stessa. Nei giorni successivi, quando non parlavi e te ne stavi in silenzio in un angolo, non riuscivo più a vedere quella luce nei tuoi occhi, e nemmeno quel sorriso che mi aiutava sempre ad andare avanti. Dovevo fare qualcosa e avrei fatto tutto daccapo se necessario. Quel ragazzo ti ama».

Quella persona che stava parlando non sembrava suo padre, e Veronica non voleva accettare che tutto ciò stesse accadendo a lei.

«Non so neanche più cosa provo. Mi passano un migliaio di cose per la testa in questo momento. Quanto è stato infantile rapirmi per vedere la forza del mio amore, papà? Non sono più una quindicenne che si aspetta qualcosa del genere, o che vorrebbe vedere un principe che arriva a rapirla e la porta su un'isola deserta. Perché non è venuto a dirmi le sue intenzioni?! Avremmo evitato così tanti fraintendimenti».

Suo padre si limitò a guardarla. Non c'era molto da dire a quel punto, era stressata e le serviva del tempo.

«Tutto si risolverà, mia cara», fu quello che lui ritenne meglio dire.

«Voglio solo ritirarmi e stare da sola. Penso sia stato troppo per me. Non so se riuscirò a superare questa follia». Gesticolò mentre parlava, e suo padre sapeva che questo accadeva solo quando era sotto una grande pressione emotiva.

«Forse non sei sicura di tutto quello che è accaduto nella tua vita negli ultimi mesi, figlia mia. Prenditi un po' di tempo e poi inizia a mettere le cose in ordine secondo le tue priorità, ma evita di lasciarti trasportare dai sentimenti negativi. Questo può nasconderti alla vista il lato positivo delle cose».

Veronica ascoltava sempre i consigli di suo padre, ma in quel momento era piuttosto infastidita. Ma il suo amore era grande e i sentimenti negativi sarebbero presto scomparsi.

«Non voglio parlare del detective o di niente del genere oggi, papà», disse. «Notizie di lei?»

Si guardarono l'un l'altra con affetto, dato che si capivano a vicenda.

«Mai più, figlia mia, e nemmeno mi importa. Spero solo che stia bene e che resti dove si trova per il resto della sua vita». Non c'era dispiacere nella sua voce, ma piuttosto un certo rimpianto per aver tenuto così a lungo a una persona che non meritava di essere ricordata.

«Mi ha chiamata una volta dopo che è successo e siamo state oneste l'una con l'altra. Non credo che la rivedrò mai più, e questo mi solleva, ma mi commuove anche», confessò brusca, dato che non erano abituati a nascondere i propri sentimenti l'una all'altro.

«So che nel tuo caso è più complicato, figliola, ma passerà. Fidati, il tempo è la migliore medicina, e presto una priorità più alta arriverà a colmare lo spazio di quel ricordo, e questo non occuperà più la tua mente». Padre e figlia si abbracciarono forte. «Mi sei mancata», concluse lui.

«Anche tu». Gli baciò il volto stanco. «E lo zio, come sta?»

«Lo abbiamo ricoverato in una clinica privata dove si prenderanno cura di lui, e andrò a fargli visita ogni volta che sarà possibile. È molto lucido e felice, penso perfino che voglia sposare un'altra paziente di quel posto». Paul sorrise in un modo che Veronica non vedeva da molto tempo.

«Andrò a trovarlo quando avrò sistemato tutto da queste parti. Anche se ha fatto delle cose stupide so che tutto quello che voleva era un po' di attenzione. Lo zio Armando è solo un uomo triste e solo». Veronica provava un grande affetto per il suo parente e non lo avrebbe abbandonato per quello che aveva fatto. Dopo suo padre, era il parente a lei più vicino e sarebbe rimasto tale a lungo.

«Fai bene, chiede sempre di te quando vado a trovarlo. In effetti ho inventato che eri partita per un viaggio d'affari perché smettesse di chiedere che gli facessi visita».

Sorrisero entrambi. Il suo vecchio zio era davvero impertinente, lo ricordava così fin da quando era nata.

«Ho bisogno di sistemare le cose in azienda e anche in me. Come va il lavoro qui?», chiese, sedendosi e indicando una sedia a suo padre.

«Tutto a posto e in ordine. Solo, in caso di domande, eri in viaggio per visitare un'organizzazione no-profit nello stato di Pernambuco».

Veronica lo guardò inarcando un sopracciglio.

«D'accordo», assentì, ricordandosi di essere stata davvero nel territorio di Pernambuco.

«Va' a riposarti un po', figliola. È già tardi e dovresti riposare».

Veronica aveva preso il primo volo disponibile per Brasilia ed era arrivata a casa tardi.

«Già, è vero. Sono venuta dritta qui senza fermate, ma non c'è niente come dormire nel proprio letto».

Paul provò un certo rimorso per quello che sua figlia aveva passato, credendo che essere rapita da Douglas sarebbe stata la cosa migliore per lei, sperava che se ne sarebbe resa conto presto.

Dopo aver dato un bacio a suo padre, andò nella sua stanza che, come ogni altra parte della sua vita, salvo quella emotiva, era in perfetto ordine. Dopo essersi data una rapida occhiata intorno, andò a farsi una doccia. Non avrebbe pensato ad altro che a sé stessa e a riposare.

Il giorno successivo, quando uscì dal bagno, vide sul letto il cellulare che le era stato confiscato da Douglas durante il periodo in cui era stata sull'isola con lui. Un film passò nella sua mente in quel momento. Avvicinandosi, lo raccolse e vide che c'era un messaggio sullo schermo.

«Mi dispiace se ti ho fatto passare dei brutti momenti, Veronica. La mia unica intenzione era mostrarti quanto è grande il mio amore per te e nel farlo cercare di capire un po' meglio quello che provavi, o non provavi. Sono stati momenti meravigliosi per me, ma mi sono reso conto che ero solo io a essere felice. Mi scuso ancora una volta e ti prometto di non importunarti più. Sii felice! Un sincero abbraccio. Douglas».

Quando finì di leggere il messaggio ad alta voce, si sentì ancora più a disagio di quando aveva visto il telefono. Non era sicura di cosa fosse, ma era certa che fosse la fine di quella storia. Era ciò che voleva e avrebbe dovuto esserne grata. Lasciando il telefono dove l'aveva trovato, iniziò a vestirsi, e nel farlo si ritrovò più volte a guardarlo mentre ogni genere di idee le passava per la mente.

«Devo star impazzendo. Non può essere diversamente!», disse sentendosi stupida. «È stato solo sesso, non abbiamo niente in comune e lui non è il mio tipo. Tutto qui». Si stava sforzando di dimenticare quello che aveva detto e vissuto in quei giorni vicino all'oceano. Concluse quello che stava facendo e andò in cerca di un buon caffè.

Fece colazione da sola. Suo padre non era ancora sceso anche se era tardi, ma preferì non disturbarlo. Quando ebbe finito, lui arrivò e, dopo averle dato un bacio sulla testa, si versò una tazza di caffè e la bevve in fretta.

«Hai passato una buona notte, figliola?», volle sapere.

«Sì, papà, molto buona». Veronica si fermò e guardò il liquido scuro che stava bevendo prima che lui arrivasse. «Il mio cellulare è stato lasciato nella mia stanza, sei stato tu?» Lo guardò con tenerezza, ma il suo sguardo richiedeva una risposta urgente.

«Sì, figliola. Quando hai lasciato l'isola, Douglas l'ha mandato tramite un amico, ed è arrivato ieri». L'uomo la guardò da vicino per cercare di vedere qualcosa che forse la sua stessa figlia non sapeva le stesse accadendo, ma Veronica sapeva bene come proteggersi. Da quando sua madre se ne era andata, restava calma e imperterrita in simili situazioni.

«D'accordo, papà, grazie», gli disse senza entusiasmo.

Padre e figlia rimasero in silenzio per qualche secondo fino a quando lui prese coraggio ed estrasse un registratore dalla tasca.

«Dato che mi sono reso conto che la strategia del detective avrebbe potuto andare male, ho preparato qualcosa per te così che prendessi una decisione in base al buon senso e non solo al risentimento. Mi farebbe piacere che la ascoltassi, figliola, e se decidi di non ripensare alla tua decisione lo rispetterò, ma ascolta questa registrazione per l'amore che provi per tuo padre e non rinunciare a qualcosa senza prima essere assolutamente sicura che non funzionerà. Il rimpianto è una cosa terribile da provare». Le diede il piccolo dispositivo e lei lo prese incerta. Poi si alzò e, dopo aver baciato suo padre sulla fronte, se ne andò in silenzio permettendogli di chiamare il numero che Douglas gli aveva lasciato.

Nella sua stanza, guardò per qualche istante il registratore prima che un discreto sorriso le comparisse sul volto. *Si sono impegnati*, pensò, ricordandosi lo sguardo tenero di suo padre e l'arrivederci incerto di Douglas quando si era reso conto che se ne sarebbe davvero andata. *Ora cosa faccio?*, pensò incerta. Due emozioni lottavano coraggiosamente dentro di lei. Una le stava dicendo di andare avanti con la sua vita e dimenticare quella passione segnata dalla paura e dalla tensione, ma l'altra le diceva che quel comportamento poteva essere la più grande prova d'amore che avrebbe mai avuto in vita sua.

Guardò il piccolo congegno che aveva in mano e poi lo lasciò sul comodino, decidendo di farsi prima una doccia. L'acqua calda la fece rilassare un po'. Dopo che si fu pettinata e vestita, andò in cerca di quello che le aveva dato suo padre. Avrebbe ascoltato quello che le aveva chiesto di ascoltare per amore della fiducia che aveva per lui. Accese il registratore e iniziò ad ascoltare la registrazione.

«Non credo che sarà d'aiuto. Grazie di tutto».

È la conversazione che ho sentito la sera in cui Douglas stava parlando al telefono con qualcuno. Allora c'era mio padre dall'altra parte della linea, pensò dopo aver ascoltato per un po'.

«Le ho detto che amo sua figlia e sarei stato disposto a fare qualunque cosa per dimostrarle il mio amore e aiutarla a riconoscere il suo, ma credo di essermi sbagliato. Veronica non mi vede come il suo amato e credo che non lo farà mai».

La sua voce sembrava carica di emozione, cosa che la rese emotiva. A causa della verità che percepiva nel suo tono, sentì una tensione iniziare a formarlesi nel petto.

«Figliolo! Eri così sicuro quando ti ho detto che era cambiata dopo che è tornata a casa. Perché sei così scoraggiato? Lei ti ama, sono suo padre, lo capisco. Sta solo avendo difficoltà ad accettare i suoi sentimenti, ma non è più la mia solita ragazza. Qualcosa è cambiato dopo di te».

Suo padre sembrava così sicuro per quello che la riguardava.

«Magari è stata la situazione ad averla fatta cambiare, signor Braz. Non credo più di esserne stato io il motivo, ma farò in modo che dei ricercatori visitino l'isola con la scusa che intendiamo ripopolarla, e se lei davvero non mi ama approfitterà della situazione per andarsene. Dopo quello non potrò fare altro. Sarà chiaro che non mi ama come vorrei».

«Vedo che ti stai scoraggiando, Douglas, e mi intristisce. Tu e mia figlia sareste una splendida coppia».

Veronica continuava a interrompere e riavviare la registrazione. Non riusciva a pensare. Era troppo per le sue emozioni, che erano state tanto piene di dolore nelle ultime settimane. Douglas l'aveva rapita per amore, facendole credere di essere un criminale, e suo padre l'aveva sostenuto in un modo che le faceva paura. Sembrava così certo del suo amore per Douglas da farla preoccupare. Era ovvio che provasse una certa attrazione per il detective, ma considerarla amore era troppo. Quel sentimento sarebbe stato in grado di nascere e sopravvivere nel mezzo di una tale turbolenza?

«Farò la cosa giusta, signor Braz. Se lei non approfitta della situazione per lasciare l'isola, la considererò una possibilità per noi e le dirò tutto, che la amo e voglio impegnarmi seriamente con lei, ma se Veronica reagisce diversamente, la lascerò in pace e non la cercherò mai più».

Quella frase la ferì. Non sapeva quanto in profondità, ma le toccò qualcosa dentro.

«Fa' quello che credi sia giusto, figliolo. Io pregherò per tutti e due perché stiate assieme. Prenditi cura di te e prenditi cura della mia principessa».

Veronica sorrise a causa del dolce soprannome.

«Con la mia stessa vita, se devo».

Quando la registrazione terminò, le tremavano le mani e un senso di perdita prese possesso del suo corpo e della sua anima. Non voleva diventare di nuovo dipendente da altre persone. L'unica persona di cui aveva bisogno era suo padre. Tuttavia, ora si ritrovava confusa e bisognosa di qualcosa che non aveva mai cercato, ma che decisamente l'aveva trovata.

CAPITOLO 28

Veronica girò in auto per la città per circa mezz'ora senza sapere esattamente dove volesse andare. Niente sembrava andare bene. Sarebbe dovuta tornare al lavoro quel giorno, ma credeva che sarebbe riuscita a riposare senza sentirsi disturbata, ed era stato uno degli errori che aveva fatto in quei giorni. Qualcosa le dava segnali che insisteva di non riuscire a vedere né sentire, ma stavano diventando più difficili da ignorare. Agitata nel tentativo di sfuggire ai suoi pensieri, andò in azienda a fare una visita. Tutti la salutarono con sorrisi di benvenuto senza neppure immaginare quello che stava succedendo nella sua vita e nella sua mente.

Il rapimento di suo padre era stato risolto in segreto e poche persone ne erano al corrente, il che era molto soddisfacente, perché non avrebbe potuto sopportare di sentire domande in merito alla partecipazione di sua madre nel crimine. In quanto al suo breve rapimento da parte di Douglas, di quello di sicuro sapevano solo suo padre e forse l'amico poliziotto del detective, dato che era una situazione privata. Conscia dei propri segreti, andò all'ufficio di suo padre ed entrò senza farsi annunciare, come aveva fatto tante volte. Quando aprì la porta, suo padre stava parlando animatamente nientemenoché con il detective Douglas Fernandes in persona, l'uomo che lei aveva evitato fino a quel momento. Entrò spostando lo sguardo dall'uno all'altro uomo e cercando di nascondere la propria sorpresa.

«Ehi, detective, come va?», lo salutò educatamente, ma in tono asciutto. Non voleva arrenderglisi. Non poteva.

«Sto bene, e tu?»

Gli rivolse un discreto sorriso in risposta e si rivolse a suo padre.

«Non sapevo aveste un qualche genere di rapporto dopo che tutto è stato risolto».

Paul guardò serio sua figlia.

«Non abbiamo avuto alcun genere di disaccordo, figliola, il che ci permette di fare due chiacchiere a volte», le rispose lui brusco, facendola innervosire.

«Hai ragione, è stato stupido da parte mia fare quel commento». Rivolgendosi di nuovo a Douglas, mascherò il suo disagio, ma il suo cuore batteva fuori sincrono, non ricordava le fosse mai accaduto prima. «Stai ancora sull'isola, detective?»

«Sì, sto facendo la vacanza che mi ero ripromesso molto tempo fa», le rispose lui in tono più asciutto a causa della sua collera.

«Non mi aspettavo un comportamento così stupido da parte tua», le disse per ferirlo, ma si sentì anche peggio dopo quelle parole.

«A volte agiamo spinti da buone intenzioni, ma veniamo visti in modo sbagliato da persone che non possono capire, o anche solo apprezzare, il nostro modo di esprimerci», rispose deciso senza distogliere lo sguardo da lei.

«Magari sarà colpa mia, ma la prossima volta che vuoi fare una cosa simile dovresti analizzarla prima. Non è quello che fai di solito?», ribatté fingendosi calma.

«Un giorno ti ho detto che gli errori esistono così che impariamo a non ripeterli. Non intendo fare di nuovo una cosa simile, io imparo sempre dai miei errori».

«Sono contenta per te. In questo modo eviterai situazioni imbarazzanti».

Douglas la fissò con quello sguardo acuto che le faceva perdere i sensi sull'isola, ma non poteva fare la stessa cosa lì.

«Grazie. Anche io farò il tifo perché tu trovi un uomo prevedibile che ti tratti sempre allo stesso modo e con la stessa intensità ogni giorno. Che ti porti fuori ogni settimana e accetti di condividere il suo mondo con te. Tutto al suo posto, proprio così».

Mentre parlava, Veronica visualizzò le sue parole e qualcosa in esse non le fece piacere, ma ugualmente sorrise in modo seducente, cosa che quasi gli fece gettare alle ortiche il suo orgoglio e dichiararsi di nuovo a lei.

«Sarebbe splendido, lo apprezzo».

Rimasero in silenzio, ognuno a guardare l'altro con sospetto.

«Guardate i giovani di oggi. Voi ragazzi siete così intelligenti e prevedibili. Riuscite a vedere ed esaminare a chilometri di distanza ma non vedete quello che avete davanti agli occhi. È un vero peccato», commentò il padre di Veronica, che era rimasto a osservare tutto in silenzio fino a quel momento.

Entrambi lo guardarono senza capirlo affatto, come se avesse detto qualcosa di surreale.

«Io sto andando, papà. Sono passata solo a vedere come andavano le cose. Ero un po' spaesata e non sapevo dove andare».

«Fa' con comodo, mia cara. Sarò qui quando tornerai. Stavo facendo una bella conversazione con Douglas sul mio vecchio amico Carlos».

Veronica finse di credere a quello che aveva detto per andarsene prima possibile.

«È stato bello vederti, Detective. Goditi la tua vacanza».

Lui si alzò e le sia avvicinò tanto da farla ritrarre lentamente.

«Piacere mio, Veronica». Alzò una mano verso di lei e, incapace di rifiutare, lei la accettò pur sapendo che non sarebbe stata una buona idea. Quando si toccarono, provò lo stesso disagio che aveva sentito nei giorni precedenti, ma ancora più intenso. Douglas strinse la sua fragile mano nella propria e la trattenne più a lungo del necessario, facendo sì che la ritraesse con urgenza, cosa che gli fece fare un velato sorriso.

Non appena si vide al sicuro, Veronica riuscì a respirare meglio e si affrettò a uscire in cerca di una via di fuga da quello che la stava tormentando senza pietà.

Mentre attraversava i corridoi, aveva una sola certezza, che non sarebbe tornata nella stanza di suo padre. Se avesse dovuto incrociare un'altra volta Douglas, non sapeva come sarebbe finita. Era chiaro che avesse una qualche influenza su di lei, che diventava più forte a ogni contatto. Non voleva contribuire ulteriormente allo sbocciare di quel sentimento. Già così era sufficiente a inquietarla fino a quando non sarebbe riuscita a liberarsene del tutto.

A casa, dopo aver pranzato da sola, passò quello che restava della giornata leggendo il nuovo programma che aveva abbozzato e, per curiosità, decise di scoprire di più sulle isole di Fernando de Noronha. Non che questo avesse nulla a che fare con un certo detective, ma sapeva che quel posto era magico, ancor di più ora che aveva potuto vedere parte della sua bellezza. Ma quello che voleva sapere, anche senza notarlo, non riuscì a trovarlo col motore di ricerca. La piccola isola su cui era stata non era nella lista delle ventuno isole che costituivano l'arcipelago, e non sembrava essere classificata, cosa che rendeva impossibile saperne qualcosa. Sembrava essere un piccolo pezzo di terra nel mezzo dell'Atlantico tra tanti altri meno ricercati e più importanti.

Ricordò che quando era tornata a casa con i ricercatori aveva sentito qualcosa sulle due isole più vicine a quella su cui era stata. Leggendo i nomi di quelle, scoprì che erano l'Ilha do Meio e Rata, ma avrebbe dovuto arrivare all'Ilha dos Remédios, dove era stata, per poter contare sull'aiuto e la buona volontà di qualcuno in caso fosse stata interessata ad andare da qualche parte. *Ovviamente non succederà perché non ho intenzione di andare lì, per un bel pezzo, ma non costa niente sapere un po' di più su quella grande bellezza,* pensò mentre cliccava link dopo link relativi all'isola.

Era tardo pomeriggio quando abbandonò la sua ricerca e si fece un bagno, poi fece uno spuntino e andò a letto. Quella giornata era stata stancante, fisicamente ed emotivamente. Le faceva male la schiena e anche la testa per colpa della forte pressione dovuta al cercare di evitare i pensieri che in nessun modo coincidevano con le sue intenzioni. Quella notte ebbe bisogno di prendere un rimedio naturale che la aiutasse a dormire. Qualcosa continuava a tormentarla, facendo vorticare la sua mente e impedendole di prendere sonno. Con un po' di sollievo, sentì che si stava addormentando pochi minuti dopo.

CAPITOLO 29

Alle sette del mattino in punto, Veronica era già vestita e pronta con una valigia. A volte nel processo di fare i bagagli aveva cercato di convincersi che quella non fosse la migliore decisione da prendere, ma non si era arresa. Aveva bisogno di smetterla di prendersi in giro. Non si sarebbe tolta quel vortice emotivo dal petto fino a quando non avesse fatto quanto era necessario.

«Papà, devo parlarti», disse dopo aver bussato alla porta della stanza da letto ed essere stata invitata a entrare.

«C'è qualche problema, figlia mia?», le chiese lui, preoccupato dalla sua espressione delusa.

«Devo andare lì».

Non ebbe bisogno di dire altro, suo padre aveva già capito tutto.

«Non riesco a vivere con questo dubbio nella testa. Credo di amare quell'uomo». Non le piaceva dirlo, non dopo aver pensato di essere sicura di sapere quello che voleva per sé.

«Mia cara, quello che stai facendo è molto bello. Molte volte nella tua vita avrai dei dubbi e cercherai di ritirarti per la paura che qualcosa di grosso si impossessi di te, ma ricorda che i sentimenti tendono a svelarsi, che siamo d'accordo con loro o meno».

Quello era il sostegno di cui aveva sempre avuto bisogno e che aveva sempre avuto in tutte le sue decisioni importanti.

«Credo tu abbia sempre avuto ragione, solo che non volevo vederlo», confessò più emozionata.

«La cosa buona è che credo ci sia ancora tempo per risolvere le cose, cosa di cui non sempre abbiamo l'opportunità, figlia».

Veronica lo baciò sulla fronte come faceva sempre.

«Allora fammi cogliere questa possibilità prima che trovi una nativa e rinunci a me per sempre», commentò.

«Non credo che lo farà tanto presto, ma ti consiglio di non perdere tempo. Va' a prendere la tua felicità, amor mio».

Si abbracciarono e Veronica si voltò per andarsene.

«Ti darò notizie non appena posso», gli disse affrettandosi ad andar via. «E, papà, non dirgli che sto andando lì. Potrei ripensarci e rinunciare a metà strada», disse incerta, temendo di essere respinta.

«Non lo farai, figliola. Ne sono certo. E in quanto ad avvertirlo, per niente al mondo rovinerei questo momento. Mi dispiace che non sarò lì a vedere la scena, ma posso già vedere l'amore che supera questo ostacolo».

Veronica sorrise col petto pieno di speranze per le parole di suo padre e se ne andò.

CAPITOLO 30

Il viaggio fino a Recife fu tranquillo e ancora senza tracce di nervosismo. Tuttavia, quando l'aeroplano scese di quota indicando che stava arrivando, il cuore di Veronica iniziò a mostrare segni di angoscia e paura. Non sapeva come sarebbe stata accolta, e se lui avrebbe capito quello che le era successo. Non era stato facile per lei permettere a quei sentimenti di affiorarle nel petto. C'era molta chimica tra loro, ma solo il giorno prima era riuscita a esserne sicura.

Quando arrivò in aeroporto, vide una grande montagna da un lato e un brivido le attraversò il corpo. Quel cumulo di rocce era simile alla montagna sulla spiaggia dell'isola. In effetti, tutto le ricordava l'isola e loro due che si amavano sotto il cielo. Durante il viaggio di ritorno a casa aveva a stento notato la bellezza attorno a sé. Era stata agitata e aveva tentato di nascondere a tutti i costi quello che le stava nascendo dentro. Di conseguenza non era riuscita a vedere niente se non il grande desiderio di andare via da lì e tornare alla comodità e alla sicurezza.

A Vila Dos Remédios dovette sistemarsi in una locanda prima di partire per Covert Island. Mentre stava per partire aveva sentito uno dei ricercatori prendere degli appunti e sapeva che era quello il nome del suo luogo di prigionia più complicato e felice.

Una volta saputo dove doveva andare, tutto era diventato più facile e, dopo aver noleggiato una piccola barca, andò in cerca della sua destinazione. Aveva concordato con la persona che l'avrebbe trasportata che l'avrebbe attesa per un'ora. Era insicura e non poteva permettersi di restare bloccata in un posto in cui non era la benvenuta. *Sarà meglio così: sperare per il meglio ma essere sempre preparati al peggio*, pensò guardando l'immensità dell'acqua e sentendo la freschezza del vento che le rallegrava il corpo e la mente. Quello le fece ricordare la notte in cui era stata sul balcone a guardare la notte e subito dopo aveva fatto l'amore con Douglas. Perché non si era permessa di vivere quella passione restando lì con lui? Conosceva il motivo. All'epoca, non era stata sicura di nessuno dei due, né dei propri sentimenti. E forse era stato per quello che aveva fatto la scelta migliore quando se ne era andata. Così da tornare solo quando era del tutto sicura di quello che voleva per la sua vita. Sperava che il detective l'avrebbe capito.

Quando notò la montagna che si trovava accanto al punto in cui era andata a godersi la natura, le sue mani iniziarono a sudare. Ora sarebbe stato il tutto per tutto, per entrambi. Qualche altro metro e sarebbe stata alla spiaggia.

Quando la barca ormeggiò sulla spiaggia, l'amichevole barcaiolo la aiutò a scendere e scaricare le sue cose.

«Come abbiamo concordato, mi attenderà per un'ora, e se non torno potrà andarsene», disse, grata del viaggio tranquillo e della buona compagnia di un uomo discreto e di poche parole. Era esattamente quello di cui aveva avuto bisogno per riflettere e restare in silenzio, parlando solo con la propria mente.

«Devo aspettarmi che torni o no?»

Quella domanda la colse di sorpresa. Sorridendo, tese una mano per salutare.

«Può aspettarsi che non torni».

L'uomo capì cosa intendeva e, dopo averle stretto la mano, si sedette su una sedia sulla passerella accanto alla barca a osservare la bellezza di quel posto. Viveva lì da trent'anni e non si stancava mai di ammirare quella magnifica creazione di Dio.

Veronica si allontanò con la piccola valigia che si era portata. Era il suo turno di amare e sarebbe stata pronta a tutto, incluso essere respinta da Douglas, ma sperava davvero che non l'avrebbe allontanata dalla sua vita.

Mentre si avvicinava, sentì il delizioso profumo di cibo che veniva preparato e chiuse gli occhi, cercando forza e un altro po' di speranza. Un attimo dopo, inaspettatamente, Douglas sbucò da un cespuglio e la guardò incredulo. Lei si fermò dove si trovava e lì rimase in estasi aspettando un commento da parte sua. Si guardarono in silenzio in un misto di paura e desiderio, ma nessuno fece un passo per incoraggiare l'altro. Volendo mettere ogni cosa al suo posto, Veronica poggiò in terra la valigia e gli sorrise con le labbra tremanti per quello che stava per accadere. Non riuscì a pronunciare una parola. Era stravolta, immaginandosi il peggio a causa della mancanza di espressione del detective.

«Non ci credo!», disse Douglas lasciando cadere in terra il cappello che indossava e andando verso di lei. «Sei venuta da me?» chiese incerto.

Veronica annuì prima di gettarsi tra le sue braccia ed essere avvolta dalla pace che stava provando.

«Sì, sono venuta in cerca del mio amore e della mia felicità. Sono ancora da queste parti?», gli chiese quando la rimise in terra, continuando ad abbracciarla.

«Sempre, amor mio», rispose lui prima di sollevarle il mento per un bacio appassionato.

L'accelerazione dei loro cuori si perse nel suono degli ardenti baci che condivisero. Tutto era scomparso dalle loro menti in quell'istante. C'era solo l'amore che li circondava, niente altro.

Quando si separarono, certi che avrebbero vissuto quel sentimento, Douglas le toccò il viso come aveva sempre voluto fare dal momento in cui l'aveva vista, portando con sé un seme che presto sarebbe germogliato.

«Perdonami per aver scelto una dimostrazione d'amore non convenzionale». Le sorrise e a lei la sua bocca sembrò il paradiso.

«Non scusarti per qualcosa che per me è stato tanto bello, detective. Non riuscivo a capire cosa stessi facendo in quell'occasione, ma è stato bellissimo, ora lo so».

Lui la baciò delicatamente sulla fronte e poi sulle labbra.

«Che altro potevo aspettarmi da un negoziatore di rapimenti?» Sorridendo, gli accarezzò la mano che le teneva sulla vita. «Questo è il tuo mondo, e una prova di vero amore non può che venire da esso».

Risero forte a quel commento.

«Mi fa piacere che tu abbia capito. Ero molto frustrato quando mi sono reso conto che avevo fatto tutto nel modo sbagliato e, a causa della mia idea folle, avevo perso la donna che amavo».

Veronica gli toccò il petto, accarezzandolo e sentendo il suo cuore batterle forte sotto il palmo.

«Tutto questo a causa mia?» chiese, eccitata di vedere la reazione che riusciva a suscitare in lui.

«Neanche nel peggiore dei momenti che ho vissuto nel mio lavoro in questi anni mi sono mai sentito tanto commosso e vulnerabile quanto lo sono davanti a te, Veronica». Quelle parole furono come musica per lei. Tutto stava andando come aveva desiderato.

«Ti amo, detective Douglas Fernandes», dichiarò senza alcuna paura per il fatto che potesse non essere reciproco.

«Io ti ho sempre amata, Veronica. Credo dalla prima volta che ti ho vista, e non è stato nel luogo in cui ti avevano imprigionata».

Veronica inarcò le sopracciglia senza capire cosa stesse dicendo. Non ricordava di averlo incontrato prima di quell'incidente.

«Quando sono entrato in casa tua e ho visto le tue tante foto sparse in giro, è stato allora che mi sono innamorato. I tuoi dolci occhi che mi guardavano. Le tue labbra carnose aperte in un sorriso che spesso mi distraeva. Ti ho voluta di da quel momento e devi sapere che mi sono rimproverato parecchio per quello. Il mio dovere era cercare di risolvere il tuo rapimento e non volerti per me, ma a quanto ho potuto vedere non mi è riuscito molto bene». La abbracciò, stringendola a sé.

«Sono felice che non ti sia riuscito», commentò lei prima di baciarlo un'altra volta.

«Sei qui per restare, vero?», volle sapere lui, guardando la piccola valigia che si era portata dietro.

«Dipende da quanto hai intenzione di stare qui. Avevo paura di portare una valigia più grande e poi dover tornare indietro da sola», gli rispose, iniziando a seguire i suoi passi verso la casa.

«Come potevi pensarlo dopo aver visto tutte le cose folli che ho fatto a causa dell'amore che provo per te?», le chiese lui.

«In amore, non abbiamo molte possibilità di correggere i nostri errori, Douglas, e non ci sono molte garanzie. Temevo il tuo rifiuto dopo quello che ho fatto».

Lui le premette le braccia contro il corpo come una carezza e procedettero insieme.

«Anche se il mio orgoglio dovesse chiedermi di non accettare, non lo farei mai. Non potrei essere tanto stupido da rischiare la mia felicità». Quelle parole sembrarono venirgli dal cuore, cosa che diede maggiore sicurezza a Veronica a ogni passo che facevano.

«Cercherò di essere meno orgogliosa come te». Lo baciò su una guancia.

Quando entrarono dalla porta sul retro, furono accolti da Joana, che sorrideva allegra per il ritorno di Veronica. Le due si salutarono amichevolmente.

«Se potesse parlare, di sicuro ti direbbe di non aver mai visto un uomo più infelice e scontroso di me in questi ultimi giorni». Douglas poggiò la valigia di Veronica accanto al tavolo e si girò verso di lei.

«Mettiti comoda. Lascio la tua valigia nella mia stanza e torno subito».

Non aspettò neppure che rispondesse e se ne andò portando la sua valigia. Da quel giorno in avanti, non le avrebbe permesso di dormire in una stanza che non fosse la sua, mai più.

Veronica sorseggiò il succo d'arancia mentre guardava la casa. Tutto lì sembrava più bello e intimo, e stavolta sarebbe stato anche meglio. Se lo aspettava davvero. *A volte dobbiamo andarcene per essere sicuri di quello che vogliamo nelle nostre vite*, pensò sorridendo mentre si portava il bicchiere alle labbra.

«Spero di essere io il motivo di quello sciocco sorriso sulla tua faccia», disse Douglas entrando nella stanza.

«Per la maggior parte».

Lui le si sedette di fronte e le prese le mani.

«Voglio passare un po' di tempo qui con te, e quando torneremo desidero che diventi mia moglie».

Si guardarono l'un l'altra con passione.

«Accetto la tua proposta», gli rispose, stringendogli la mano. «Douglas, credo che dovremmo andare in spiaggia. Ho chiesto al barcaiolo di aspettarmi per un'ora, e dato che si sta facendo buio non vorrei trattenerlo qui tanto a lungo. Potrebbe avere difficoltà a tornare se si mettesse a piovere forte».

«Credo che la tua gentilezza abbia contribuito molto al fatto che ho iniziato ad amarti. Tuo padre mi ha parlato con grande orgoglio di quello che fai per i bisognosi».

«Faccio quello che posso, amore mio. Tutti facciamo qualcosa, anche se è per un vicino, un collega, o anche un senzatetto. È molto facile e piacevole aiutare».

«Allora lasciamo andar via l'uomo che da oggi è diventato un mio amico».

Se ne andarono tenendosi per mano e camminarono fino al punto in cui era approdata. Mentre si avvicinavano, l'uomo era seduto allo stesso posto di prima a fumare tranquillo una sigaretta. Quando li vide, sorrise.

«Vedo che le nostre preghiere sono state accolte, figliola», disse con umiltà.

«È così», asserì Veronica avvicinandosi. «Siamo venuti a dirle che può andare. Così non dovrà rischiare di incontrare pioggia tornando».

«Non ce ne sarà fino a notte, figliola, ma grazie della tua preoccupazione, mi metterò in viaggio, così tornerò a casa prima».

Si salutarono e ben presto lui se ne andò, salutandoli calorosamente con la mano.

«Andiamo a casa?», chiese Douglas mettendole una mano su una spalla.

«Subito», concordò lei abbracciandolo.

Dopo cena, erano seduti in soggiorno a godere della reciproca compagnia quando un boato scosse l'intera stanza.

«Si metterà a piovere molto presto». Veronica si rannicchiò più vicina a lui. Non le piacevano le forti tempeste e sembrava che ce ne sarebbe stata una.

«Andiamo a letto a festeggiare il tuo ritorno?» Douglas si alzò e le prese la mano. Andarono assieme in silenzio.

Non c'era bisogno di parole in quel momento. L'amore si manifestava solo attraverso il contatto e gli sguardi. Proprio quando Douglas accese la luce, si sentì un altro boato all'esterno e Veronica gli appoggiò la faccia al petto per sentirsi al sicuro.

«Ricordi la notte in cui la pioggia ci ha riuniti nella tua stanza? Mi piacerebbe rivivere quel momento. Io ti amo, Veronica e vorrei condividere la mia vita con te».

La paura della tempesta scomparve in pochi secondi. Quegli occhi seri e luminosi che la guardavano con tale sincerità le diedero un immenso conforto.

«Anche io ti amo, Douglas, e voglio davvero passare tutto questo tempo con te».

Si baciarono appassionatamente. Sarebbe stato il momento in cui i loro corpi si sarebbero incontrati nell'amore carnale, ed entrambi erano assetati di quella prova d'amore.

Douglas andò a chiudere le tende e tornò, togliendosi i vestiti e gettandoli in giro per la stanza. Quando le si avvicinò, gli era rimasta addosso solo la biancheria. Meravigliata, Veronica guardò la forma del corpo di quell'uomo che ansimava per il desiderio di lei. In silenzio lui la aiutò a togliersi il vestito, lasciando solo la lingerie che copriva l'intimità di quella donna che amava. La prese tra le braccia e la portò al letto, stendendovela con amorevole cura. Poi accarezzò i suoi floridi seni e scese da lì fino a raggiungere le mutandine, togliendogliele lentamente. Poi tolse anche il suo ultimo indumento e le si stese accanto. Prima di fare l'amore con lei, voleva sentire tutta la lunghezza del suo corpo unita al proprio. Abbracciandosi, riuscirono a sentire il calore e i brividi che causavano l'uno all'altra. Douglas riprese a toccarla con le dita come aveva fatto quando si erano amati in precedenza. Era stato bello prima, ma in quel momento era ancora più magnifico, perché si rese conto che Veronica si era arresa del tutto.

«Ho desiderato che questo momento si ripetesse».

Mentre parlava, le accarezzava i capelli.

«Perdonami per aver reso difficile lo stare insieme ed essere stata tanto testarda da non riuscire a vedere l'amore che provavi per me». Era stato l'unico di tutti gli uomini che aveva avuto nella sua vita ad aver davvero dimostrato l'amore e il rispetto che provava per lei. Aveva bisogno di mettere in chiaro quanto gli fosse grata per tutto. «Cercherò di ricambiare l'amore e la sicurezza che mi hai dato durante il nostro breve periodo appassionato insieme». Le lacrimavano gli occhi mentre parlava.

«Li stai già ricambiando, amore mio. Il fatto che tu abbia viaggiato per novecento chilometri è una prova per me». Sapeva che aveva combattuto una guerra dentro di lei per essere lì. Non servivano parole, ma era bello sentirle.

«Lo so, ma avevo bisogno di dirtelo. All'amore servono anche parole. Perciò sto sfruttando questo momento per dire che ti amo e ringraziarti per essere stato con me in quei momenti difficili della mia vita e avermi sostenuta senza lamentarti».

«È stato un piacere! Lo rifarei di nuovo se dovessi. Tranne per il rapimento».

Veronica si sollevò sui gomiti, come stava facendo lui.

«Non cambierei una singola cosa. È stato perfetto. Non dimenticherò mai la tua prova d'amore. Mi ha liberata in molti sensi».

Magari Douglas non la capiva ancora, ma un giorno avrebbe saputo quanto era importante nella sua vita, non solo come uomo, ma anche come persona.

«Vieni e dammi una bella prova del tuo amore ora», le chiese lui tirandola a sé.

«Subito, mio eroe».

Mentre si amavano di nuovo, riscoprendo il piacere l'uno dell'altra, fuori la pioggia regalò loro una dolce melodia che prometteva di portare nuova vita agli innamorati e portar via ciò che non doveva restare.

Due anni dopo...